Mörderische Toskana

Juergen von Rehberg

Mörderische Toskana

Bibliografische Information der Deutschen National-bibliothek:
Die Deutsche Nationalbibliothek verzeichnet diese Publikation in der Deutschen Nationalbibliografie; detaillierte bibliografische Daten sind im Internet über http://dnb.dnb.de abrufbar.

© *2017 Juergen von Rehberg*

Herstellung und Verlag: BoD – Books on Demand, Norderstedt

ISBN: 978-3-7431-0997-1

"Weißt du, was die Liebe und die Zellen des Gehirns gemeinsam haben?"

Dietmar Bürger, Professor für Germanistik an der hiesigen Universität und selbsternannter Philosoph, schaute erwartungsvoll in das Gesicht seines Freundes.

"Was ist das denn für eine blöde Frage", antwortete Hans-Peter Fuchs, Inhaber der Firma "Elektro-Fuchs" und Dietmars Freund seit ewigen Zeiten.

Die beiden gingen gemeinsam zur Schule und machten gemeinsam ihr Abitur. Dietmar studierte Germanistik und Hans-Peter begann ein Medizinstudium, welches er nach drei Jahren abbrechen musste.

Als der Vater von Hans-Peter einem Herzinfarkt erlag, übernahm Hans-Peter auf Drängen seiner Mutter die Firma.

Eine drohende Depression der Mutter, welche von der Vorstellung eines Verkaufes der Firma, die seit Generationen in Familienbesitz war, gespeist wurde und das Verantwortungsgefühl von Hans-Peter, der jeden einzelnen Mitarbeiter kannte, ließen ihm keine Wahl.

Er brach schweren Herzens sein Studium ab und widmete seine ganze Kraft der Weiterführung und der Erhaltung der elterlichen Firma.

Seine Mutter, die nichts anderes von ihrem Sohn erwartet hatte, war er doch ihr geliebter "Hansi", verabschiedete sich schon bald von der ihr drohenden Depression und alles kehrte zum "business as usual" zurück.

Der Vater von Hans-Peter hasste es, wenn seine Gattin den Sohn "Hansi" nannte; sie war jedoch trotz vieler Ermahnungen nicht davon abzubringen.

Eva. die Schwester von Hans-Peter, nannte ihren Bruder gar Peter und als Krönung kam noch Dietmar mit seinem "Hape" daher, einem Wortkonstrukt aus Hans und Peter.

"Also was ist? Weißt du es oder weißt du es nicht?"

"Nein! Ich weiß es natürlich nicht!" antwortete Hans-Peter in einem eher gelangweilten Ton.

"Soll ich es dir sagen?"

"Unbedingt!" antwortete Hans-Peter, wissend, dass er um die Antwort sowieso nicht herum kommen würde.

"Sobald die Liebe und die Gehirnzellen aktiviert werden, beginnen beide langsam abzusterben!"

"Wie bitte?" fragte Hans-Peter leicht entsetzt. *"Was ist das denn für ein Blödsinn?"*

"Das ist kein Blödsinn, mein Lieber!" entgegnete Dietmar, *"ich werde es dir erklären."*

"Da bin ich aber neugierig", sagte Hans-Peter, der schon manche Abstrusitäten von Dietmar über sich hat ergehen lassen; aber diese war von einer besonderen Qualität.

"Wie du ja weißt, besitzt der Mensch Millionen von Hirnzellen."

"Milliarden, mein Lieber; Milliarden!" unterbrach Hans-Peter den Freund. *"Und außerdem ist die Annahme, dass die Gehirnzellen - nach ihrem Absterben - nicht mehr erneuert werden, falsch."*

"Haben sie dir diesen Quatsch beim Medizinstudium beigebracht?" sagte Dietmar erregt, der es nicht gewöhnt war, korrigiert zu werden.

"Das ist kein Quatsch, Herr Professor!" sagte Hans-Peter, der es sichtlich genoss, seinem Freund Paroli zu bieten.

"Das nennt man Neurogenese und weiß man schon seit den 90er Jahren. Während abgestorbene Zellen abgebaut werden, bilden sich in unserem Gehirn ununterbrochen neue Zellen."

Dietmar war blass geworden. Die Ausführungen, welche einen äußerst belehrenden Charakter mit sich führten, schmerzten ihn sehr. Sein Ego schäumte.

"Das setzt natürlich voraus, dass das Gehirn beschäftigt wird, um die Gehirnaktivität zu steigern, verbunden mit genügend körperlichen Aktivitäten!"

Was Dietmars Gehirnaktivität betraf, so lief diese gerade auf Hochtouren. Er überlegte krampfhaft, wie er diesem geistigen Waterloo entfliehen könnte.

Hans-Peter, der noch nicht genug hatte, konnte es sich nicht verkneifen, zu ergänzen:

"Das konntest du natürlich nicht wissen, lieber Dietmar."

Und Hans-Peter fuhr gönnerhaft fort:

"Mir ist es ja auch nur deshalb bekannt, weil ich ein paar Semester Medizin studiert habe; wie du ja weißt."

Dietmar schluckte und nickte bejahend. Er war dankbar, dass Hans-Peter ihm diese Brücke gebaut hatte, und er ging willig in leicht gebeugter Haltung darüber.

"Ungeachtet dessen, würde mich interessieren, wie du das vorhin gemeint hast mit dem Absterben der Zellen und der Liebe."

Dietmar nahm diese Einladung dankbar an und hängte sich den kurzfristig verloren gegangenen Mantel des Selbstbewusstseins wieder leicht über die Schultern.

"Machen wir uns doch nichts vor", begann er seine Ausführungen, *"wir wissen doch alle, dass sich die Liebe abnützt wie ein Stück Seife!"*

Hans-Peter starrte seinen Freund an wie eine Kuh, wenn es donnert. Dieser Vergleich war schon von einer außergewöhnlichen Güte.

Dietmar, dem der erstaunte Gesichtsausdruck von Hans-Peter gar nicht aufgefallen war, fuhr fort:

"Am Anfang ist man verliebt bis in die Haarspitzen und die Hormone tanzen Walzer, bis ihnen die Füße bluten. Aber schon nach kurzer Zeit übernehmen Alltag und Gewohnheit die Macht, und die Liebe beginnt zu schwinden."

Hans-Peter schaute Dietmar ins Gesicht; blieb aber stumm.

"Warum sagst du denn nichts? Bist du nicht auch meiner Meinung?"

"Nein, Dietmar! Ganz und gar nicht!"

Hans-Peter sagte das mit einer solchen Vehemenz, dass Dietmar erstaunte.

"Willst du mir vielleicht sagen, dass bei Irene und dir der Himmel noch voller Geigen hängt?"

"Ja, das will ich!" antwortete Hans-Peter zu Dietmars großem Erstaunen.

"Das kannst du deiner Großmutter erzählen, wenn du noch eine hast!" giftete Dietmar.

Der Ton zwischen den beiden Freunden war rauer geworden. Es folgte betretenes Schweigen.

"Na gut; mag sein", bemühte sich Dietmar die Unterhaltung wieder in Gang zu bringen, *"bei Britta und mir sind es ja schon fast dreißig Jahre und bei euch noch keine zwanzig."*

"Vierzehn Jahre, um genau zu sein", sagte Hans-Peter, *"und jedes Jahr davon war schön!"*

"Das freut mich für euch!" sagte Dietmar und steuerte das Gespräch wieder in ruhigere Gewässer.

"Und du warst Irene in all den Jahren immer treu?"

"Was für eine Frage!" sagte Hans-Peter und nach einer kurzen Pause:

"Soll das heißen, dass du..."

"Aber ja doch", antwortete Dietmar, in dessen Stimme ein gewisser Stolz mitschwang, *"das ist doch wohl die Würze in jeder Ehe oder etwa nicht?"*

"In meiner nicht!" antwortete Hans-Peter entrüstet, der in diesem Augenblick seinen Freund in einem völlig neuen Licht sah.

Natürlich war ihm bewusst, dass Dietmar einen Schlag bei Frauen hatte; aber die Art und Weise, wie er sein Fremdgehen beinahe glorifizierte, befremdete Hans-Peter schon sehr.

Dietmar winkte den Kellner herbei.

"Noch einmal dasselbe bitte, Herr Franz!"

"Ein Bier - ein Korn für die beiden Herrn; kommt sofort!" antwortete Franz, eine Institution des Hauses.

Franz hätte schon vor Jahren in den wohlverdienten Ruhestand gehen können, zog es aber vor weiterhin die Gäste zu betreuen.

Alleinstehend und ohne Anhang wäre ihm zuhause wohl die Decke auf den Kopf gefallen. So betrachtete er die Gäste als seine Familie.

Und diese brachten ihm den nötigen Respekt entgegen, indem sie ihn irgendwann vom gewöhnlichen "Franz" zum "Herrn Franz" machten.

Die meisten Gäste waren ohnedies Stammgäste, wie auch Dietmar und Hans-Peter.

"Für mich bitte nicht, Herr Franz", korrigierte Hans-Peter die Bestellung seines Freundes, *"ich muss leider schon gehen."*

"Warum das denn?" fragte Dietmar.

"Ich habe noch einen Zahnarzttermin; tut mir leid!" antwortete Hans-Peter, sich in diesem Augenblick nicht wirklich der Wahrheit verpflichtet fühlend.

"Schade, lieber Freund", antwortete Dietmar, *"grüße bitte Irene recht lieb von mir!"*

"Mach ich, Dietmar", sagte Hans-Peter, *"und liebe Grüße von mir an Britta!"*

****

Als Hans-Peter vor dem Lokal stand, holte er erst einmal tief Luft. Die Äußerungen von seinem Freund gaben ihm doch schon sehr zu denken.

Er musste an die Zeit denken, als er und Dietmar noch Kinder waren. Sie wuchsen in unmittelbarer Nähe zueinander auf und doch in verschiedenen Welten.

Dietmar wohnte mit seinen Eltern in der Villa, die einst seinen Großeltern gehörte. Sie waren vor Jahren verstorben; aber Hans-Peter konnte sich noch gut an sie erinnern.

Dietmars Vater war Oberlandesgerichtsrat und von Dünkel nicht ganz frei. Er goutierte es auch lange Zeit nicht, dass sein Sohn Umgang mit Hans-Peter pflegte, dessen Vater ein kleines Elektrogeschäft führte.

Ganz anders hingegen Dietmars Mutter. Sie mochte den kleinen Hans-Peter von Anfang an, und sie vermochte sich auch gegen den Widerstand ihres Gatten durchzusetzen.

Sie sah es mit großem Vergnügen, wenn die beiden Buben auf dem parkähnlichen Grundstück der Villa herum tollten.

Hans-Peters Vater, Elektromeister und ohne große Schulbildung, war von der Verbindung der beiden Knaben nicht so sehr begeistert.

"Das ist kein Umgang für dich!" Mit diesen Worten gab er seinem Bedenken Raum. *"Wir gehören nicht zu denen. Suche dir lieber einen Spielkameraden bei deinesgleichen."*

"Lass ihn", widersprach Hans-Peters Mutter Gerda ihrem Ehemann, *"es sind Kinder und sie haben nicht dieselben dummen Ressentiments wie manche Erwachsenen."*

An diese etwas gespreizte Ausdrucksweise musste sich Herr Fuchs sen. am Anfang erst einmal gewöhnen. Gerda stammte aus gutem Hause und konnte nicht anders reden. Ihr Vater war Arzt und war zeitlebens nicht glücklich über die Partnerwahl seiner Tochter.

Gerda war es auch, die später durchsetzte, dass Hans-Peter auf das Gymnasium ging, um danach Medizin zu studieren.

Elektromeister Fuchs hätte es natürlich viel lieber gesehen, wenn der Sohn in seine Fußstapfen getreten wäre.

Wer hätte je gedacht, dass das Schicksal seinen Wunsch später erfüllen würde...

Aus der kindlichen Verspieltheit wurde im Laufe der Jahre eine dicke Freundschaft und Hans-Peter und Dietmar pflegten sie auch während ihrer Studienzeit weiter.

Sandkastenfreundschaft und Blutsbrüderschaft - im Dunstnebel einer großen Alkoholmenge vollzogenen - verbinden nun einmal.

Diese Aktion brachte den beiden damals große Schwierigkeiten ein, denn zum einen waren sie noch minderjährig und zum anderen endete es bei Dietmar beinahe in einer Blutvergiftung.

Als sie später studierten, musste Hans-Peter die Exzesse mit Alkohol und Frauengeschichten stets mittragen. Dietmar duldete keinen Widerspruch und Hans-Peter fügte sich; wenn auch jedes Mal unter Protest.

Bei Dietmars Weibergeschichten - wie er dies zu nennen pflegte - klinkte sich Hans-Peter jedoch meistens aus.

Er konnte nicht damit umgehen, wie sich sein Freund dem anderen Geschlecht gegenüber verhielt. Sein überhebliches Geringschätzen, welches er dabei an den Tag legte, missfiel Hans-Peter in hohem Maße.

Er brachte das auch immer wieder einmal zur Sprache; jedoch ohne jeglichen Erfolg. Dietmar betrachtete sich selbst als Jäger und sobald er seine Beute erlegt hatte, verlor er auch schon wieder das Interesse daran.

Das führte dazu, dass Dietmars Beziehungen nie von langer Dauer waren.

Umso überraschender war die Tatsache, dass es sich mit Britta völlig atypisch verhielt. Mag vielleicht auch damit zusammen hängen, dass der Schwiegervater in spe der Rektor der Universität war.

Dafür spricht auch die Namensgebung für das erste Kind. Als es geboren war, verpassten ihm die Eltern den eher altbackenen Namen "Bernhard" in Anlehnung an den Vornamen des Herrn Schwiegervaters.

Als vier Jahre später Severin geboren wurde, war Dietmar bereits Professor und somit keine Notwendigkeit mehr vorhanden seinem Schwiegervater zu gefallen.

Die beiden Knaben waren so unterschiedlich, wie sie unterschiedlicher nicht hätten sein können. Das zeigte sich schon im Kindesalter und führte sich fort bis zum Erwachsensein. Es herrschte eine ständige Rivalität.

Der Erstgeborene war Liebling des Vaters und schloss sein Studium mit "summa cum laude" ab. Dem folgten ein Bachelor of Laws, ein Master of Laws, und schließlich die Anstellung als Wirtschaftsjurist in einem großen Konzern.

Severin war der Liebling der Mutter und ein Versager auf der ganzen Linie. Er schmiss sein Studium der Medizin, brach eine Banklehre ab und hielt sich mit einem Job als Diskjockey in einer unbedeutenden Discothek mehr schlecht als recht über Wasser.

Dass er dabei einen Lebenswandel führte, der weder alkoholfrei noch drogenfrei war, lag auf der Hand.

****

"Ich soll dich von Hans-Peter grüßen!"

"Vielen Dank! Du bist heute zeitiger als sonst", sagte Britta und sah Dietmar fragend an, *"war irgendetwas?"*

"Nein", antwortete Dietmar, *"Hans-Peter hat einen Zahnarzttermin und musste daher früher gehen."*

"So, so..." sagte Britta, für welche die Begründung seltsam anmutete. *"Und das hat er nicht vorher gewusst?"*

"Offenkundig nicht", antwortete Dietmar lapidar und betrachtete das Gespräch mit seiner Gattin als beendet.

"Hast du ihn an unseren Besprechungsabend am kommenden Samstag erinnert?" fuhr Britta das Gespräch fort.

"Nein; habe ich vergessen" brummte Dietmar leicht missmutig, *"du kannst ihn ja selber anrufen und ihn daran erinnern."*

"Werde ich später machen", antwortete Britta und beendete damit ihrerseits das Gespräch.

Das Gespräch, um das es sich handelte, hatte etwas mit Ostern und Weihnachten gemeinsam; es fand alle Jahre wieder statt.

Die beiden befreundeten Familien Bürger und Fuchs fuhren seit vielen Jahren gemeinsam in den Urlaub. Dietmar hatte in der Toskana ein kleines Ferienhaus erworben, das gerade einmal Platz für die zwei Familien hatte.

Eigentlich waren diese alljährlich stattfindenden Urlaubsbesprechungen völlig überflüssig, denn wirklich Neues oder gar extrem Wichtiges gab es nicht zu besprechen; aber die beiden Frauen bestanden darauf und hielten mit aller Macht daran fest.

Bernhard, der ältere der Brüder kam gern zu diesem besagten Abend, aber Severin ließ sich nur dazu herab, weil er seiner Mutter wieder ein paar Scheine aus den Rippen leiern konnte, um seiner chronischen Geldknappheit wieder etwas Luft zu verschaffen.

Geld war auch das Druckmittel, welches Britta einsetzte, damit Severin überhaupt mit in den Urlaub fuhr. Freiwillig hätte er das nie getan.

Und wenn es nach Dietmar gegangen wäre, dann hätte der "Taugenichts Severin" dort bleiben können, wo der sprichwörtliche Pfeffer wächst.

Britta genoss es, wenn sie die beiden Buben für ein paar Tage im Jahr um sich haben konnte, und sie ließ auch nicht ab in ihren Bemühungen die Brüder einander näher zu bringen.

Dass es in all den vergangenen Jahren nie wirklich gelang, entmutigte sie seltsamer Weise nicht. Vielleicht hoffte sie ja auf ein Wunder; das es so einfach nicht geben konnte.

****

"Vielen Dank für das feine Essen; es war köstlich wie immer!"

Mit diesen Worten überreichte Hans-Peter der Dame des Hauses einen verbalen Blumenstrauß. Und Irene pflichtete ihm mit den Worten bei:

"Du bist wirklich eine begnadete Köchin, liebe Britta; ich bewundere dich."

"Machst du uns noch einen Kaffee, mein Schatz?"

Das Wort "Schatz" aus dem Mund von Dietmar klang eher wie ein Schimpfwort, denn eine Liebkosung. Dazu war er weder in verbaler Form noch in Form eines Blumenstraußes fähig. Dietmar war nun einmal der perfekte Egomane.

"Wann hattet ihr gedacht, dass wir fahren?" versuchte Hans-Peter die Brisanz aus der Situation zu nehmen, denn ihm war aufgefallen, dass Britta einen strafenden Blick in Richtung Ehemann geworfen hatte.

Sie hatte sich zwar schon längst mit dem Leben an der Seite eines Mannes abgefunden, der vor ihrer Hochzeit ein anderer war als der, welcher sich danach offenbarte. Das ging jedoch nicht so weit, dass sie sich selbst verleugnete.

"Ich hatte an Ende Juli/Anfang August gedacht", antwortete Dietmar, der recht froh darüber war, dass Hans-Peter ihn das fragte. *"Wäre das für euch in Ordnung?"*

"Ich denke schon", antwortete Hans-Peter, der zu Irene schaute, welche die Antwort mit einem Nicken absegnete.

"Und wie sieht es bei dir aus?" wandte sich Dietmar an seinen ältesten Sohn.

"Ich sehe da keine Schwierigkeit", antwortete Bernard brav.

"Dich muss ich ja nicht erst fragen, oder? richtete Dietmar dann das Wort an Severin, *"du bist ja Herr deiner Zeit."*

Die Ironie in Dietmars Stimme war unüberhörbar und Irene musste an sich halten, um ruhig zu bleiben.

"Prima; dann ist ja alles klar!

"Es tut mir sehr leid; aber ich muss schon gehen", sagte Severin zu seiner Mutter gewandt.

Bevor diese antworten konnte, sagte Dietmar:

"Reisende soll man nicht aufhalten. Ich wünsche dir eine gute Fahrt, mein lieber Sohn!"

Irene begleitete Severin noch hinaus. Sie steckte ihm einen Umschlag zu und umarmte ihn.

"Nimm es ihm nicht übel; du kennst ihn ja..."

"Wen meinst du?" sagte Severin, *"das Monster, das sich Vater nennt, obwohl er doch gar keiner ist?"*

Irene sagte nichts; sie zuckte nur leicht mit den Schultern. Was hätte sie auch antworten können.

"Fahr vorsichtig, mein Liebling und pass gut auf dich auf!"

Als Irene mit Severin hinaus gegangen war, konnte Hans-Peter nicht umhin zu sagen:

"Musste das jetzt sein? Du verletzt nicht nur deinen Sohn damit; du tust auch Britta damit weh."

"Ach was!" antwortete Dietmar, *"Severin bekommt sein Leben einfach nicht in den Griff und seine Mutter unterstützt ihn auch noch dabei. Sie verwöhnt ihn viel zu sehr."*

"Sie ist und bleibt nun einmal seine Mutter; kannst du das nicht verstehen?" mischte sich Irene ein.

"Nein, das kann ich nicht verstehen. Und du auch nicht; ihr habt ja keine Kinder!"

"Spinnst du?" fauchte Hans-Peter seinen Freund an, *"das nimmst du zurück und entschuldigst dich auf der Stelle bei Irene!"*

Dietmar erschrak über die heftige Reaktion von Hans-Peter. Er bereute seine unbedachte Äußerung, hielt aber innerlich daran fest.

"Es tut mir leid, liebe Irene", sagte Dietmar, *"ich weiß nicht, was mich gerade geritten hat das zu sagen. Ich möchte mich in aller Form bei dir entschuldigen. Es ist nur so, dass mein Sohn wie ein rotes Tuch auf mich wirkt."*

"Das rechtfertigt aber nicht, dass du wie ein wilder Stier darauf reagierst!" sagte Hans-Peter, der noch immer sehr erregt war.

"Natürlich nicht", antwortete Dietmar kleinlaut, *"Entschuldigung!"*

"Was ist denn los?" fragte Britta, die gerade in das Zimmer zurück gekommen war.

"Nichts, mein Schatz", antwortete Dietmar, der längst schon wieder in seiner gewohnten Spur war, *"es ist alles in bester Ordnung!"*

"Dann ist es ja gut", sagte Britta, *"dann gehe ich jetzt in die Küche und mache uns einen Kaffee."*

"Ich komme mit dir", sagte Irene und folgte Britta in die Küche.

****

"Ist alles in Ordnung, Liebes?" fragte Hans-Peter, als sie sich auf der Heimfahrt befanden.

"Was meinst du?" antwortete Irene.

"Ich meine die dumme Aktion von vorhin."

"Ach das", antwortete Irene und sah ihren Hans-Peter dabei an, *"ich nehme diesen Menschen schon lange nicht mehr ernst."*

"Wenn du möchtest, dann sage ich den gemeinsamen Urlaub in der Toskana ab."

"Auf gar keinen Fall! Ich werde doch wegen Didi nicht auf diesen wunderbaren Urlaub verzichten."

Hans-Peter musste lachen. Irene nannte seinen Freund von der ersten Stunde des Kennenlernens so, was sie aber nur Hans-Peter gegenüber tat.

"Warum lachst du?" fragte Irene.

"Wegen der Namensverschandelung von Dietmar", antwortete Hans-Peter und sah dabei kurz zu Irene hinüber.

"Schau du lieber auf die Straße!" sagte Irene und fuhr fort:

"Der Name Didi hilft mir diesen überheblichen Kotzbrocken Dietmar besser zu ertragen."

Hans-Peter schluckte, schwieg aber. Irene hatte es bemerkt und sagte:

"Findest du, ich bin zu streng?"

"Nein, keineswegs", antwortete Hans-Peter, *"aber er ist trotz allem mein Freund."*

"Das verstehe ich und das respektiere ich auch", sagte Irene, *"aber lass mir bitte auch meine Meinung über diesen Menschen!"*

Und bevor Hans-Peter etwas dazu sagen konnte, fuhr Irene fort:

"Dein Freund Didi ist nicht nur ein Ignorant von Gottes Gnaden, er ist auch ein liebloser und miserabler Ehemann und ein Tyrann seinem Sohn gegenüber."

"Du hast ja recht", sagte Hans-Peter, *"aber Severin macht es seinem Vater nicht gerade leicht. Das musst du doch zugeben - oder?"*

"Ganz sicher nicht!" antwortete Irene leicht aufgebracht. *"Der Junge hatte doch nie eine Chance."*

Hans-Peter drehte seinen Kopf zu Irene und schaute sie verständnislos an.

"Das verstehe ich nicht; wie meinst du das?"

"Es wundert mich kein bisschen, dass du das nicht verstehst", antwortete Irene, *"um das zu verstehen müsstest du wohl eine Frau sein."*

Hans-Peter erschrak über den harten Ton, der sich bei Irene inzwischen eingestellt hatte. Er fuhr bei nächster Gelegenheit an die Seite und hielt an.

"Wieso hältst du an?" fragte Irene.

Hans-Peter hatte den Motor abgestellt und drehte sich zu Irene hin.

"Hallo Liebling! Ich bin es, Hans-Peter; der Mann, der dich über alles liebt."

Irene hatte Tränen in den Augen. Hans-Peter nahm ihr Gesicht in seine Hände und küsste sie.

"Es tut mir leid; bitte entschuldige!" sagte Irene. *"Du bist der wunderbarste Mann, den es gibt. Du bist mein Peterle, der Fels in der Brandung. Und ich bin so garstig zu dir."*

"So schlimm ist es doch gar nicht", versuchte Hans-Peter seine Liebste zu beruhigen.

"Doch, doch", antwortete Irene, *"das war schlimm; sehr schlimm sogar."*

"Nun, da du einsichtig bist und Reue zeigst, empfange hiermit deine gerechte Strafe."

Mit diesen Worten umarmte Hans-Peter seine Irene und küsste sie innig.

"Du verrückter Kerl", sagte Irene lachend, *"ich bin so froh, dass ich dich habe."*

"Dann lass uns jetzt nachhause fahren, denn der Kuss war nur ein Vorgeschmack auf die Hauptstrafe, die dich dort erwartet."

"Ich nehme die Strafe an, Euer Ehren!"

"Dann ist es ja gut", sagte Hans-Peter und startete wieder den Motor. Eine Weile lang fuhren sie schweigend dahin. Dann nahm Irene das Gespräch wieder auf; dieses Mal jedoch in einem ruhigen und sachlichen Ton.

"Ich sehe das Verhältnis Vater - Sohn aus den Augen einer Mutter, obwohl ich selbst keine bin".

Hans-Peter traf es jedes Mal wie ein Peitschenhieb, wenn die Kinderlosigkeit der beiden Gesprächsthema wurde; wenn wie in diesem Fall auch nur am Rande.

Er hatte Irene angeboten sich auf seine Zeugungsfähigkeit testen zu lassen, als nach Jahren noch immer keine Schwangerschaft in Sicht war.

Seine wunderbare und kluge Ehefrau hatte ihn damals davon abgehalten. Stattdessen schlug sie vor, dass weder er noch sie eine solche Untersuchung vornehmen lassen sollten.

Es lag auf der Hand, dass wohl einer von beiden ursächlich für das Ausbleiben einer Schwangerschaft sein würde. Und das Wissen darum, wer es wäre, könnte irgendwann zwischen ihnen stehen.

Und das könnte Emotionen schüren, die nicht nur völlig unnütz wären sondern auch sehr schmerzlich sein könnten. Und außerdem besteht ja noch die Möglichkeit, dass beide unfruchtbar wären.

Diese Wahrscheinlichkeit läge zwar sehr nah bei null; aber wissen konnte man es nicht. Also haben sie es als eine Entscheidung des Schicksals betrachtet und sich gefügt.

"Als Bernhard geboren wurde, war sein Vater mächtig stolz, zumal sich schon nach wenigen Jahren

scheinbar erkennen ließ, dass es sich bei dem Knaben um einen Mozart oder Einstein handeln könnte.

Dann kam fast fünf Jahre später Severin auf die Welt. Er hatte von Anbeginn die schlechteren Karten, weil die Poleposition schon besetzt war.

Er stand ständig im Schatten seines großen Bruders, und so sehr er sich auch bemühte dem Vater zu gefallen; er hatte keinen Erfolg damit.

Ähnlich wie in der Physik war es auch hier: Verschiedene Pole ziehen sich an - gleiche stoßen sich ab. Bernhard war das besonnene, pflegeleichte Kind, der nach der Mutter kam, und Severin war der wilde Revoluzzer, der eine Kopie seines Vaters war. Eben nur in Kleinformat."

Hans-Peter hatte interessiert zugehört.

"So habe ich das noch nie gesehen", sagte er voll Erstaunen, *"wieso weißt du das alles?"*

"Weil ich eine Frau bin, die wie eine Mutter fühlt und auch gern eine geworden wäre."

Wieder zuckte Hans-Peter zusammen. Irene hatte es bemerkt und sagte:

"Keine Sorge, mein Schatz; es ist alles in Ordnung! Ich hadere nicht mit dem Schicksal. Es ist gut so wie es ist; glaube mir bitte!"

Irene hatte das in einem völlig ruhigen Ton gesagt und - ergänzt durch einen liebevollen Blick - ihrem Peterle auch glaubhaft vermittelt.

"Und nun genug geredet; lasst Taten folgen! sagte sie lachend weiter, *"ich freue mich auf unseren Urlaub in der Toskana und mehr noch auf die zu erwartende Strafe, wenn wir zu Hause sind."*

****

"Ich bin sehr froh und dankbar, dass ich wieder bei euch mitfahren darf."

Es war Severin, der im Auto von Hans-Peter und Irene saß und sich die Zeit mit einem Spiel auf seinem Smartphone vertrieb.

Er hatte seine Tätigkeit auch nicht unterbrochen, als er dieses sagte, und sein Blick blieb fest dem Display seines teuren Gerätes verhaftet.

"Wir freuen uns, dass du bei uns mitfährst; aber das weißt du ja, Severin."

Irene hatte sich umgewandt und sah auf Severin. Sie dachte einmal mehr daran, wie schön es wäre, würde anstelle von Severin ihr eigenes Kind dort sitzen.

Sie hatte in all den Jahren ihrem Peterle immer wieder beteuert, dass es ihr nichts ausmache keine Mutter sein zu können; aber tief drinnen tat es dennoch weh. Sehr weh sogar.

"Und? Werdet ihr etwas gemeinsam unternehmen, du und Bernhard?" drängte Hans-Peter in Irenes Gedanken.

"Das hängt nicht von mir ab. Ich würde schon gern; aber Berni geht lieber seine eigenen Wege", antwortete Severin, *"er legt keinen großen Wert auf meine Gesellschaft."*

"Warum ist das denn so?" fragte Hans-Peter weiter.

"Wahrscheinlich bin ich ihm nicht intellektuell genug", sagte Severin und konnte dabei ein Lachen nicht unterdrücken.

"Aber das ist doch Unsinn", sagte Irene, *"schließlich seid ihr ja Brüder. Da muss man sich doch vertragen können."*

"Kain und Abel haben es ja auch nicht geschafft, Tante Irene; da kann man halt nichts machen."

Hans-Peter konnte nicht umhin zu grinsen, als er das hörte, und Irene sah ihn darauf hin strafend an.

"Geschwisterliebe lässt sich nun einmal nicht erzwingen, mein Schatz", sagte Hans-Peter zu Irene geneigt, *"wie die Liebe im Allgemeinen."*

"Schau du lieber auf die Straße!" sagte Irene, die dem Gesagten nichts mehr hinzuzufügen wusste.

****

"Triffst du deine Freundin wieder, wenn wir da sind?" fragte Britta ihren Sohn, der im Fond des Autos sitzend in einem Buch las.

"Ja, Mama, das werde ich", sagte Bernhard, der sein Buch zur Seite legte und seiner Mutter ins Gesicht schaute.

Da war er, der Unterschied, der die beiden Brüder ausmachte. Auf der einen Seite ein wohlerzogener, sehr gebildeter junger Mann, und auf der anderen Seite ein rebellischer Bursche, der gegen alles und jedes opponierte.

Britta liebte ihre beiden Kinder gleichermaßen, und sie hatte bei der Erziehung keine ihr erkennbaren Fehler gemacht. Aber der Bevorziehung von Bernhard durch ihren Ehemann hatte sie nichts entgegen zu setzen.

"Wie heißt deine kleine Italienerin gleich noch einmal?" mischte sich Dietmar ein. In seinem Tonfall schwang eine gewisse Geringschätzung mit.

"Sie heißt Belinda, Papa. Und bitte nenne sie nicht »meine kleine Italienerin«; sie heißt Belinda!"

"Weiß sie, dass du kommst?" versuchte Britta die Situation zu entschärfen, *"habt ihr euch geschrieben?"*

"Ja, sie weiß, dass ich komme; ich habe ihr eine SMS geschickt."

"Du könntest die Kleine, pardon, ich meine natürlich Belinda doch einmal zum Essen bei uns einladen." sagte Dietmar, was Britta in Erstaunen versetzte.

"Ja, vielleicht", antwortete Bernhard, *"mal sehen..."*

"Was macht deine Liebste denn beruflich?" fragte Dietmar weiter.

"Sie studiert noch.".

"Und was, wenn ich fragen darf?" sagte Dietmar, und wieder konnte er es nicht lassen eine kleine Prise Süffisanz der Frage beizumengen.

"Sie studiert Lehramt", antwortete Bernhard nach kurzem Zögern, *"sie will Lehrerin werden."*

"Und wie alt ist sie?" bohrte Dietmar weiter.

"Jetzt ist es aber genug mit der Fragerei", drängte Britta dazwischen, *"ich habe Hunger und Durst. Schau lieber, wo die nächste Raststätte ist!"*

Britta hatte dies mit einer solchen Vehemenz gesagt, dass Dietmar tatsächlich von seinem Sohn abließ. Stattdessen sagte er nur:

"Gib unseren Verfolgern Bescheid, dass wir die nächste Raststätte anfahren!"

Britta nahm ihr Handy, wählte die Nummer von Irene, und Bernhard war froh, dass die Fragestunde zu Ende war.

****

"Buongiorno cari amici e benvenuti!"

Mit diesen Worten begrüßte Salvatore mit größter Überschwänglichkeit den "Professore" samt Familie und Freunden.

Er hatte wie immer das Ferienhaus gereinigt und ordentlich durchgelüftet und stand nun strahlend davor, um die Ankömmlinge willkommen zu heißen.

Salvatore war schon seit vielen Jahren in Rente und verdiente sich ein paar Lire, inzwischen Euros dazu, indem er das Ferienhaus der Bürgers in Schuss hielt.

"Tante grazie, Salvatore!" sagte Dietmar, dessen Italienisch-Kenntnisse damit auch schon ziemlich erschöpft waren.

Er sah keine Notwendigkeit darin Italienisch zu lernen. Sollten sich die Eingeborenen doch der deutschen Sprache befleißigen, schließlich lebten sie ja von den Touristen, die ihnen das Geld ins Land brachten.

Zum Glück konnte Salvatore Deutsch, da er einige Jahre in Deutschland als Gastarbeiter gelebt hatte.

"Ist mit dem Haus alles in Ordnung, mein Lieber?" fragte Dietmar in einem kumpelhaften Ton. Und der liebe Salvatore spielte das Spiel mit, wissend dass zwischen ihm und dem Professore eine Kluft war, so hoch und breit wie der Apennin.

"Tutto bene, Professore!" antwortete er brav und Dietmar fand großen Wohlgefallen daran.

"Dann lasst uns unsere Sachen auspacken!"

Der General hatte gesprochen und seine Gefolgschaft tat wie geheißen.

Dietmar hatte das Ferienhaus, das eigentlich mehr ein Ferienhäuschen war, von seinen Eltern übernommen. Sie selbst kamen schon lange nicht mehr hierher, weil Dietmars Mutter kränkelte und die weite Fahrt scheute.

Die ersten Jahre blieb alles beim Alten; aber dann investierte Dietmar und ließ einige Umbauten vornehmen. Wände wurden heraus gerissen bzw. versetzt und ein kleiner Anbau wurde hinzu gefügt.

Jetzt war genug Platz für Dietmars Familie und auch für seinen Freund Hans-Peter und Irene. Dietmar musste viel Überzeugungsarbeit leisten, bevor Hans-Peter die Einladung annahm.

Es war schlussendlich Irene, die Hans-Peter dazu brachte einzuwilligen. Allein die Magie des Wortes "Toskana" war Ansporn genug auf ihren Peterle so lange einzuwirken, bis er schließlich nachgab.

Inzwischen war es der dritte gemeinsame Urlaub, der am Abend mit einer Pasta Bolognese und viel Vino tinto gefeiert wurde.

****

"Wir wollen heute nach Montepulciano fahren. Habt ihr Lust mitzukommen?" fragte Irene am nächsten Morgen in die Runde der Frühstückenden.

"Ich nicht", sagte Dietmar, *"mir brummt noch der Kopf von gestern Abend. Ich lege mich lieber in die Sonne."*

"Das kommt davon, wenn man nicht genug bekommen kann", sagte Britta in leicht spöttelndem Ton, *"aber wenn ihr mich mitnehmt; ich komme gerne mit."*

"Und was ist mit euch?" fragte Hans-Peter die beiden Brüder.

"Zuviel Kultur schlägt mir auf den Magen", antwortete Severin.

"Was ist mit dir?" richtete Britta die Frage an Bernhard.

"Ich treffe mich später mit Belinda."

"Weiß sie denn, dass wir schon hier sind?"

"Ja, ich habe schon mit ihr gesprochen."

"Na dann fahren wir eben zu dritt", sagte Hans-Peter, *"in einer halben Stunde ist Abfahrt!"*

"Ich wünsche euch viel Vergnügen und bringt guten Wein mit!" sagte Dietmar und zog sich in das Schlafzimmer zurück, um seine unterbrochene Nachtruhe fortzusetzen.

"Pass auf, wenn du später in die Sonne gehst, dass du keinen Sonnenbrand bekommst", rief Irene Dietmar nach, der mit schweren Schritten die Treppe zum Schlafzimmer hinauf stieg.

"Mach ich, Irenchen; mach ich", sagte Dietmar und entschwand.

"Ich mag es nicht, wenn er dich so nennt", sagte Hans-Peter später, *"ich habe es ihm schon einmal gesagt."*

"Lass ihn!" sagte Irene, *"mich stört es nicht und dich sollte es auch nicht."*

"Wie du meinst", brummelte Hans-Peter, den es aber weiterhin störte. Er sah darin eine Respektlosigkeit Irene gegenüber. Diese Ansicht behielt er aber für sich.

****

Montepulciano ist eine pittoreske Kleinstadt, auf einem 600 Meter hohen Hügel gelegen und von einer mittelalterlichen Stadtmauer umgeben.

Ursprünglich dem Schutz Sienas unterlegen, entschied sich die Stadt - damals jedoch noch ein kleiner Ort - für Florenz und wurde 1561 sogar Bischofssitz.

Die Stadt wäre beinahe im Zweiten Weltkrieg von der deutschen Wehrmacht - als Vergeltung für Partisanenangriffe - zerstört worden.

Durch die Intervention des Grafen Antonio Origo und dessen Gattin Iris, einer irisch-amerikanischen Schriftstellerin, wurde die Sprengung verhindert. Lediglich die "Porto al Prato", das Osttor der Stadt, fiel der Sprengung zum Opfer.

Montepulciano ist nicht nur eine wunderschöne Stadt sondern auch eine Rotweinsorte. Sie hat aber mit der Stadt nichts zu tun.

Der berühmte Vino Nobile di Montepulciano wird nämlich überwiegend aus der Sangiovese-Traube, bzw. der Rebsorte Prugnolo Gentile erzeugt. Es werden auch gern noch andere Rebsorten, die in der Provinz Siena angebaut werden, beigemischt.

Daraus entstehen dann so klingende Namen wie:

Brunello di Montalcino, Chianti Classico, Chianti, Morellino Classico, Morellino di Scansano oder Vino Nobile di Montepulciano.

Die Traubensorte Montepulciano wird hingegen in den Abruzzen zum nicht minder bekannten Montepulciano d'Abruzzo verarbeitet.

Hans-Peter und seine beiden Damen erkundeten die engen Gässchen, betraten das eine oder andere Geschäft, um regionale Köstlichkeiten zu erwerben.

Bevor sie sich auf einen Cappuccino nieder setzten, besuchten sie noch die Kathedrale von Bartolomeo Ammanati mit dem großen Altar von Taddeo di Bartolo von Siena.

Schön anzusehen waren auch einige Privathäuser, die jedoch nur einen Blick durch hohe Gitter darauf freigaben; aber keinen Besuch zuließen.

"Jetzt dürfen wir nur nicht vergessen Wein einzukaufen, sonst erschlägt mich mein geliebter Gatte", sagte Britta, als sie vor einer kleinen Cafeteria saßen und sich dem Genuss ihres Cappuccinos hingaben.

"Schade, dass er nicht mitgekommen ist", sagte Irene, *"es hätte ihm sicher auch gefallen."*

"Ich bin mir da nicht so sicher", antwortete Britta. *"Es ist schon sehr lange her, dass wir etwas gemeinsam unternommen haben. Jeder geht inzwischen seine eigenen Wege..."*

Die Wehmut, mit welcher Britta das gesagt hatte, war nicht zu überhören. Irene legte ihre Hand auf Brittas Arm und sagte:

"Das wusste ich nicht, das tut mir sehr leid!"

"Muss es nicht, liebe Irene", antwortete Britta, *"das ist halt so und das soll uns keinesfalls unsere gute Laune verderben".*

"So ist es recht!" sagte Hans-Peter und rief den Kellner herbei.

"Bringen Sie uns bitte drei Prosecco!" sagte er und kurz darauf stießen sie auf ihre Freundschaft an.

"Du weißt, dass wir immer für dich da sind", sagte Hans-Peter zu Britta und Irene nickte zustimmend.

"Ich weiß". antwortete Britta, *"und dafür bin ich euch sehr, sehr dankbar!"*

****

Dietmar lag hinter dem Haus in der Sonne und schlief, als Bernhard die Wagenschlüssel seines Vaters nahm, um in die Stadt zu fahren.

Er wollte sich dort mit Belinda treffen. Sein Herz pochte wie wild vor lauter Vorfreude auf das Wiedersehen. Das rückliegende Jahr - nur über Skype mit Belinda verbunden - wollte kein Ende finden; aber jetzt konnte er seine Liebste endlich in die Arme nehmen.

Als Belinda ihren Bernardo aus dem Auto aussteigen sah, stürmte sie auf ihn zu und flog ihm um den Hals.

"Endlich bist du da, mio più caro Bernardo", sagte Belinda und bedeckte das Gesicht ihres Liebsten mit "tanti baci".

So sehr sich Bernhard über die stürmische und liebe-volle Begrüßung freute, so sehr empfand er eine gewisse Peinlichkeit, war es doch noch heller Tag.

Belinda war dies nicht entgangen und mit einem Lachen sagte sie:

"Che succede, tedesco? Warum so abweisend? Genierst du dich mit mir?"

"Nein; natürlich nicht! Entschuldige bitte, mein Liebling."

Bernhard war jedes Mal fasziniert darüber, dass seine Belinda so gut deutsch sprach. Er wünschte sich, er könnte ebenso gut italienisch sprechen.

Während Belinda deutsch an der Universität gelernt hatte, quälte er sich am Computer mit Sprach-Lern-CDs herum, um sich wenigstens einigermaßen verständlich machen zu können.

"Was möchtest du machen, caro mio?" fragte Belinda.

"Sag du, was wir machen sollen!" antwortete Bernhard, *"was würde dir Freude bereiten?"*

Die eben noch vor Freude strahlende Frau verwandelte sich augenblicklich in ein kleines trauriges Mädchen.

"Was hast du?" fragte Bernhard besorgt.

Belindas Augen hatten sich mit Tränen gefüllt, als sie antwortete:

"Es ist wegen Papa!"

"Was ist mit deinem Vater?" fragte Bernhard.

"Er ist sehr krank und liegt im ospedale."

"Das tut mir leid", sagte Bernhard voller Mitgefühl, *"kann ich etwas für ihn tun?"*

"Würdest du ihn mit mir besuchen?" antwortete Belinda und sah Bernhard mit ihren tränenerfüllten Augen an.

"Aber natürlich, mein Liebling", sagte Bernhard und nahm seine Liebste in den Arm. *"Wenn du möchtest, dann fahren wir jetzt gleich ins Krankenhaus".*

"Du bist so lieb, Bernardo", sagte Belinda und wieder bedeckte sie Bernhards Gesicht mit Küssen. Dieses Mal ließ er Belinda gewähren.

Als sie wenig später das Zimmer betraten, in welchem der Vater von Belinda lag, erschrak Bernhard ein wenig.

Er hatte Belindas Eltern zuvor noch nie kennen gelernt, ebenso wenig wie Belinda seine Eltern kannte.

Jetzt sah er einen abgemagerten, alten Mann im Bett liegen, schwer atmend und mit tief liegenden Augen.

Belinda beugte sich zu ihrem Vater hinunter und gab ihm einen Kuss.

Mit den Worten: *"papa, questa è il mio amico tedesco"* stellte sie Bernhard ihrem Vater vor.

Der alte Mann streckte Bernhard seine zittrige Hand entgegen und lächelte ihn an.

Bernhard schluckte und sagte dann: *"mi fa piacere!"*

Und wieder lächelte der alte Mann. Er sah Bernhard an und nickte, so als wolle er die Höflichkeit erwidern.

Dann sprach Belinda einige Wort zu ihrem Vater, während dieser den Blick fest auf Bernhard gerichtet ließ. Bernhard wollte seinen Blick abwenden, konnte es aber nicht.

Er war heilfroh, als er nach langen, nicht enden wollenden Minuten mit Belinda das Krankenhaus wieder verließ.

"Was hat dein Vater?" fragte er Belinda.

"Ich kann dir noch nicht einmal den genauen Namen sagen; aber es handelt sich um eine seltene Autoimmunerkrankung, sagen die Ärzte."

"Und kann man da etwas dagegen tun?" fragte Bernhard weiter.

"Ja, schon..."

Belinda stockte. Ihre Stimme drohte zu ersticken. Sie konnte nicht weiter sprechen.

"Was heißt das - ja schon?" drängte Bernhard auf eine Antwort.

Belinda brauchte alle Kraft, um Bernhard antworten zu können. Dann sagte sie:

"Es gibt ein Medikament aus Amerika. Das ist aber so teuer, dass wir uns das nicht leisten können!"

"Wie teuer?" fragte Bernhard.

"Zu teuer", antwortete Belinda.

"Wie viel?" insistierte Bernhard.

"Fünftausend Euro!" sagte Belinda, und sie stieß es förmlich hinaus, so als wolle sie die Ungeheuerlichkeit dieser Summe verdeutlichen.

"Und das ist nur für einen Monat!" ergänzte sie. *"Wie soll sich das jemand wie meine Familie leisten können?"*

Heftiges Schluchzen erfasste Belinda. Sie schlang ihre Arme um Bernhard und ihre von der Last der Sorge um ihren Vater geschundene Seele suchte Halt bei ihrem Liebsten.

"Ich werde dir helfen!" sagte Bernhard und strich Belinda zärtlich über den Kopf.

"Du kannst mir nicht helfen", sagte Belinda, *"das kann nur Gott allein."*

Bernhard musste lächeln. Er fühlte, wie sehr er diese Frau liebte, die sich so taff gab und dennoch sehr verletzlich war.

"Da hast du natürlich völlig recht", sagte er, *"Gott kann immer helfen; aber manchmal kann das auch ein Mensch."*

Belinda sah Bernhard fragend an und Bernhard fuhr fort:

"Ich werde dir von zuhause monatlich fünftausend Euro überweisen, damit ihr das Medikament kaufen könnt."

Belinda, deren Augen groß und größer wurden, presste ihre Hand auf den Mund und kurz darauf sagte sie:

"Du bist verrückt; das kann ich nicht annehmen. Das kommt überhaupt nicht infrage!"

"Natürlich kannst du das annehmen; ich bestehe darauf!" antwortete Bernhard.

"Nein und nochmals nein!" sagte Belinda, *"mein Vater würde das auch nicht wollen."*

"Ist es dir lieber, er stirbt?" sagte Bernhard und bereute noch im selben Augenblick, was er gesagt hatte.

"Du bist grausam", sagte Belinda, *"warum tust du mir so weh?"*

"Bitte verzeih, mein Liebling; es tut mir so leid!"

Bernhard hielt Belinda an den Armen fest und er versuchte das Gesagte ungeschehen zu machen.

"Ich weiß nicht, was da gerade in mich gefahren ist. Ich will doch nur helfen; bitte glaube mir das!"

Belinda sah Bernhard eine Weile nur an. Dann sagte sie - und es war wie eine Erlösung für Bernhard:

"Ich weiß, mein Liebster, ich weiß. Und ich danke dir."

"Dann erlaubst du mir dir und deinem Vater zu helfen?"

"Gib mir bitte Zeit; ich muss erst noch darüber nach-denken", antwortete Belinda, *"lass uns jetzt von etwas anderem reden."*

"Hast du Hunger?" fragte Bernhard.

Und bevor Belinda noch antworten konnte, sagte Bernhard weiter:

"Ich habe Appetit auf eine große Pizza und ein Glas Rotwein!"

"Ihr Deutschen", sagte Belinda, *"immer nur Pizza und Pasta. Dabei hat die italienische Küche noch viel mehr zu bieten."*

"Aber ich liebe Pizza", antwortete Bernhard, *"und Pasta natürlich auch."*

Und für die nächsten paar Stunden waren Belinda und Bernhard einfach nur ein verliebtes Paar und Kummer und Sorgen hatten erst einmal Pause.

****

Dietmar wurde wach, weil ein unliebsamer Lärm ihn aus dem Schlaf gerissen hatte. Als er die Quelle der Störung entdeckt hatte, schaute er verwundert.

"Was machst du da?" fragte er seinen jüngsten Sohn.

"Ich versuche das alte Tokaido wieder flott zu kriegen", antwortete Severin, der versuchte dem alten Moped wieder Leben einzuhauchen.

"Warum nimmst du nicht das Auto?" fragte sein Vater.

"Damit ist Bernhard schon unterwegs und außerdem..."

"Und außerdem?" wiederholte Dietmar und schaute seinen Sohn dabei erwartungsvoll an.

Und bevor dieser noch antworten konnte, ergänzte Dietmar:

"Kann es sein, dass dir wieder einmal der Führerschein abgenommen wurde?"

Severin gab keine Antwort. Stattdessen sagte sein Vater:

"Du änderst dich wohl nie!" und ging zurück zu seinem Liegestuhl. Kurz darauf hörte er das Knattern des Mopeds. Severin war auf dem Weg in die Stadt.

****

"Piccolo Las Vegas" - so nannten die Einheimischen das Vergnügungsviertel vor den Toren der Stadt.

Das war auch das Ziel von Severin. Severin war homosexuell, was seine Eltern jedoch nicht wussten. Noch nicht einmal Bernhard wusste davon.

"Ciao ragazzo! Come stai?"

Mit diesen Worten wurde Severin von Carlo begrüßt, dem Chef des "Da Carlo", einer Bar in der Amüsiermeile.

Severin war seit langer Zeit schon Stammgast im "Da Carlo". Jedes Jahr, wenn er mit seinen Eltern in die Toskana kam, führte ihn sein erster Weg in diese Bar.

Sie war Treffpunkt für Schwule und Lesben. Hier konnte Severin seinen Neigungen nachgehen, ohne Angst haben zu müssen entdeckt zu werden.

Zuhause zeigte er sich gern auch einmal mit irgendeiner Schönen, um den Schein aufrecht zu erhalten ein "echter Kerl" zu sein.

Die Mädchen spielten das Spiel mit, wurden sie doch fürstlich dafür entlohnt.

"Va bene, Carlo", antwortete Severin und kam dann gleich zur Sache:

"Ist Franco da?"

Franco war Severins Lieblingsgespiele und achtzehn Jahre alt; sofern das überhaupt stimmte.

"Ich habe ihn heute noch nicht gesehen", antwortete Carlo, *"aber wenn du willst, dann rufe ich ihn an."*

"Ja, mache das bitte!" antwortete Severin.

Carlo nahm das Telefon und ging ein paar Schritte von Severin weg. Dann sprach er mit Franco, was Severin aber nicht verstehen konnte.

"Er wird gleich kommen", sagte Carlo, *"willst du inzwischen etwas trinken?"*

"Ja bitte", antwortete Severin, *"mach mir einen Scotch, einen doppelten!"*

Als Franco die Bar betrat, ging ein Lächeln über Severins Gesicht. Er liebte diesen jungen Mann und seinen wunderschönen Körper.

"Ciao tesoro!"

Severin mochte es nicht, dass Franco ihn "Süßer" nannte. Obwohl er Franco schon mehrmals gebeten hatte ihn nicht so zu nennen, ließ er nicht davon ab.

Es hatte fast den Anschein, als würde es Franco genießen, dass Severin das Wort nicht mochte.

Die beiden Männer umarmten sich. Als Severin Franco küssen wollte, wandte er sich scheinbar ab.

"Was ist los mit dir?" fragte Severin. *"Freust du dich nicht mich zu sehen?"*

"Sicuramente tesoro", antwortete Franco, *"aber es gibt ein Problem."*

"Was für ein Problem?" fragte Severin.

"Ich bin schon die ganze Woche ausgebucht!"

"Was?" sagte Severin entsetzt, *"von wem?"*

"Das ist doch egal", antwortete Franco, *"ich habe keine Zeit für dich, basta!"*

"Du willst doch nur den Preis in die Höhe treiben; du hast gar keine Buchung!" ereiferte sich Severin mit hochrotem Kopf.

"Stronzo!" antwortete Franco, *"so etwas habe ich nicht nötig."*

"Es tut mir leid!" versuchte Severin das Gesagte abzu-mildern, *"ich habe es nicht so gemeint."*

"Non se ne parli più", sagte Franco, was so viel wie "Schwamm drüber" zu bedeuten hatte.

"Ich würde dir auch das Doppelte bezahlen", sagte Severin in einem versöhnlich klingenden Tonfall.

Franco sah erst Severin an; dann blickte er zu Carlo.

"Was mach ich nur mit dem verrückten Tedesco?"

"Amore, amore", antwortete Carlo und lachte dabei.

Franco gab Severin einen leidenschaftlichen Kuss, der von Severin freudig erwidert wurde, deutete auf den Scotch und sagte zu Carlo:

"Mach mir auch so einen!"

Carlo goss Franco einen Scotch ein und nahm sich selbst auch einen. Dann stieß er mit Severin und Franco an und sagte:

"Auf die Liebe, amici!"

Und die beiden anderen erwiderten:

"Evviva l'amore!"
Als Severin mit Franco kurze Zeit später nach dem vollzogenen Liebesakt im Bett lag und gegen die Decke starrte, empfand er ein wonniges Gefühl der Erleichterung.

Er genoss es über die Maßen - von allen Problemen des Alltags weit entrückt - ganz einfach er selbst sein zu können. Zuhause war alles viel schwieriger.

Die Angst entdeckt zu werden, war sein ständiger Begleiter und Alkohol war das Mittel, um seine Ängste damit zu überdecken.

"Scopare macht hungrig, tesoro; lädst du mich zum Essen ein?"

Mit diesen Worten holte Franco Severin in die Wirklichkeit zurück.

"Natürlich, amore mio!" antwortete Severin und seine Augen leuchteten dabei. Ihm war wohl bewusst, dass die Liebe zwischen ihm und Franco nur eine Illusion war; aber um nichts in der Welt hätte er auf sie verzichten wollen.

****

In der Nähe des Ferienhauses befand sich ein Teich, in welchem Bernhard zum Angeln gehen wollte. Er hatte vor einiger Zeit in heimischen Gewässern damit begonnen, um sich gelegentlich Entspannung zu verschaffen.

"Hättest du etwas dagegen, wenn ich dich dabei begleite?" fragte seine Mutter und Bernhard antwortete:
"Wenn du mir versprichst die Fische nicht zu verjagen, dann kannst du gern mitkommen."

Britta lächelte und sagte: *"Ich versprechen es!"*

Sie freute sich sehr darüber, dass Bernhard der Begleitung zugestimmt hatte; so hatte sie ihren ältesten Sohn für sich allein.

"Ist das etwas Ernstes mit Belinda und dir?" begann sie das Gespräch mit Bernhard, der voll konzentriert auf die Pose seiner Angel starrte.

"Ich denke schon", antwortete Bernhard, *"wieso fragst du?"*

"Weil ich dich bitten wollte Belinda zu meiner Geburtstagsfeier einzuladen. So können dein Vater und ich deine Freundin endlich einmal persönlich kennenlernen."

"Ich weiß nicht, ob das so eine gute Idee ist", gab Bernhard zu bedenken, *"du weißt ja selber wie Vater ist."*

"Hab keine Angst, mein Liebling; ich werde ihn ordentlich vergattern. Er wird sich hüten meinen Geburtstag zu versauen."

Bernhard war sehr erstaunt darüber, dass ihn seine Mutter gerade "Liebling" genannt hatte. Es war schon sehr lange her, dass er mit diesem Prädikat von ihr bedacht worden war. Es fand eher bei Severin Anwendung, denn bei ihm.

"Ich werde sie fragen", antwortete Bernhard, *"aber ich kann dir nichts versprechen. Das muss Belinda selbst entscheiden."*

Britta nickte. Plötzlich erstarrte sie und deutete zu einem weiteren Angler, der sich in unmittelbarer Nähe befand.

"Hast du das gesehen?" fragte sie völlig aufgeregt, *"dieser Mensch hatte gerade einen Frosch an der Angel!"*

"Habe ich, liebe Mama", antwortete Bernhard lachend, *"das ist hier ganz normal."*

"Aber das ist ja furchtbar", sagte Britta, noch immer außer sich, *"die armen Viecher."*

"Sollen wir lieber gehen?" fragte Bernhard, der bisher noch keinen einzigen Biss hatte und der seiner Mutter den weiteren, barbarischen Anblick ersparen wollte.

"Das wäre mir sehr lieb", antwortet Britta dankbar, *"wie kann man nur so etwas machen..."*

"Wir müssen aber noch Fisch besorgen gehen, sonst gibt es heute Abend nichts zu essen", sagte Bernhard, als sie zum Wagen gingen. Britta lächelte; denn sie hatte inzwischen ihre Fassung wiedererlangt.

****

"Tante grazie per avermi invitato, Signorina Bürger!"

Britta schaute Belinda etwas ungläubig an, war sie sich doch nicht sicher, ob sie alles verstanden hatte.

Bernhard schaute Belinda mit leicht strafendem Blick an und teilte der Mutter mit, dass sich Belinda für die Einladung bedankt habe.

"Scusi! Bitte, entschuldigen Sie, Frau Bürger, dass ich italienisch gesprochen habe. Ich bin nur etwas aufgeregt; es tut mir leid." sagte Belinda mit hochrotem Kopf.

"Aber nein, liebe Belinda; Sie müssen sich doch nicht entschuldigen. Und bitte nennen Sie mich Britta!"

"Vielen Dank!" antwortete Belinda erleichtert.

"Sie studieren also auf Lehramt, wie man zu sagen pflegt?"

Mit dieser Frage wandte sich Dietmar während des Essens an Belinda.

"Ja, das ist richtig", antwortete Belinda, *"ich studiere Deutsch und Geschichte."*

"Wieso gerade Deutsch?" fragte Dietmar weiter und fing sich damit einen mahnenden Blick seiner Ehefrau ein.

Dietmar nahm sich sofort zurück, indem er sagte:

"Wir reden später darüber, nach dem Essen. Wir wollen doch die Hausfrau nicht beleidigen, indem wir ihre Kochkünste nicht angemessen würdigen."

"Sehr gern, Herr Professor", antwortete Belinda und schaute zu Britta, die ihren gestrengen Blick zu ihrem Gatten weiterhin aufrecht gehalten hatte.

Nach dem Essen war Dietmar nicht mehr aufzuhalten. Er wiederholte seine Frage von vorhin.

"Ich studiere Deutsch, weil ich die Sprache liebe", kam die für den Herrn Professor überraschende Antwort.

"Das müssen Sie mir jetzt aber näher erklären, liebes Kind!"

Allein der Zusatz "liebes Kind" machte offenbar, dass Belinda gerade im Begriff war ihren gesellschaftlichen Wert massiv zu erhöhen.

"Ich will es versuchen, Professore", sagte Belinda und dann begann sie ein Referat zu halten, welches das Herz des skeptischen Zynikers höher schlagen ließ.

"Denken Sie nur an die Romantik in der Literatur. Nehmen wir beispielsweise Joseph von Eichendorff. Ich denke an eines seiner schönsten Gedichte »Weihnachten«, in welchem er - scheinbar kontrovers zu einer sonst klar strukturierten deutschen, stringent anmutenden Sprache - einen melodiösen Sprachduktus verwendet, der jeden Leser einfach verzaubern muss."

Dietmar Bürger saß da wie versteinert. Was er soeben gehört hatte, ließ ihn förmlich dahin schmelzen.

"Sie sind eine bemerkenswerte, junge Frau, liebe Belinda", sagte er, und seine Stimme entbehrte jeglicher Ironie. *"Ich kann meinen Sohn nur beglückwünschen, dass er Ihnen begegnet ist."*

Während Belinda dem Professor ihre Liebe zur Deutschen Sprache erklärte, war es still geworden. Und alle waren ergriffen; nur Severin war es nicht.

Er war nach draußen gegangen. Es war niemand aufgefallen, außer Irene. Sie war ihm gefolgt und hatte sich neben ihn gestellt.

"Ist alles in Ordnung?" fragte sie Severin, *"geht es dir gut?"*

"Wie soll es mir gut gehen, Tante Irene", antwortete Severin, *"gerade wurde wieder einmal eindrucksvoll demonstriert, wer alles richtig macht in seinem Leben. Und ich rede nicht von mir."*

"Du siehst das zu schwarz, Severin", versuchte Irene den jungen Mann zu trösten.

"Ganz sicher nicht, Tante Irene", sagte Severin, *"es ist wie es ist, und es wird sich auch niemals ändern!"*

Es war schon spät und Bernhard war unterwegs, um Belinda nach Hause zu bringen.

"Da siehst du wieder einmal, was man aus seinem Leben machen kann, wenn man sich ein wenig anstrengt!"

Mit diesen Worten stieß der Vater Dietmar Bürger ein weiteres Mal tief hinein in die geschundene und tief verletzte Seele seines Sohnes Severin.

Und mit jeder Silbe vergrößerte er den Hass, den Severin wider seinen älteren Bruder empfand, und ein böser Wunsch formte sich in seinem Gehirn:

"Ich wünschte, mein Bruder wäre tot!"

****

Die Disco "Casanova" war die unumstrittene IN-Location im "Piccolo Las Vegas" und der Treffpunkt der jungen Leute.

Bernhard hatte sich anfänglich dagegen gesträubt dorthin zu gehen, gab aber der Bitte von Belinda irgendwann nach.

Die schrille Beleuchtung und die sehr laute Musik waren nicht unbedingt das Ambiente, in welchem sich Bernhard sonst bewegte. Er schätzte vielmehr eine gepflegte, intimere Umgebung.

Belinda steuerte mit Bernhard einen großen, runden Tisch an, an welchem mehrere Burschen und Mädchen saßen.

Während die Burschen etwa in Bernhards Alter waren, schienen die Mädchen eher jünger zu sein; zum Teil viel jünger.

Einer der Burschen fiel Bernhard besonders auf. Er trug eine schwere Goldkette um den Hals und die Uhr an seiner Hand schien kein Billigimitat zu sein.

Belinda beugte sich zu ihm hinunter und küsste ihn auf beide Wangen, was Bernhard irritierte. Er konnte nur augenblicklich nicht klar für sich selbst definieren, ob seine Ablehnung nur auf das Erscheinungsbild des Mannes zurück zu führen war oder ob Eifersucht eine Rolle spielte.

"Bernardo, ich möchte dir Fabio vorstellen, ein Kommilitone von mir."

Mit diesen Worten riss Belinda Bernhard aus seinen Gedanken.

"Ciao Bernardo!" sagte Fabio und streckte Bernhard die Hand entgegen, welche dieser nur ungern entgegen nahm.

"Setzt euch doch zu uns!" forderte Fabio die Neuankömmlinge auf, und noch bevor Bernhard ablehnen konnte, hatte sich Belinda schon nieder gesetzt.

Fabio hieß die Bedienung zwei weitere Gläser zu holen und goss dann aus einer Champagner-Magnum-Flasche ein.

"Salute!" rief Fabio in einer Lautstärke, welche sogar die Musik zu übertönen vermochte und hielt sein Glas gönnerhaft in die Höhe.

Die "jungen Gänslein" im Gefolge des Gönners kicherten, die anderen Burschen grinsten, Belinda lächelte, und Bernhard fühlte sich so unwohl wie schon lange nicht mehr.

Als sie etliche gequälte Minuten später auf der Tanzfläche waren, bat Bernhard Belinda darum die Disco zu verlassen.

Auf die Frage, ob es ihm nicht gefalle, wich Bernhard aus, indem er vorgab, die laute Musik würde bei ihm Kopfschmerzen verursachen.

"Das tut mir leid, caro mio, dann lass uns von hier verschwinden!" sagte Belinda, erklärte Fabio noch

schnell den Grund ihres Weggehens und verließ mit Bernhard die Disco.

"Wir fahren jetzt in meine Wohnung", sagte Belinda, *"da kannst du dich ein wenig hinlegen und erholen."*

Bernhard schaute Belinda erstaunt an. Es war das erste Mal, dass sie ihn zu sich nachhause einlud.

"Wie kann sich ein Student so einen Lebenswandel leisten?" fragte er Belinda währen der Fahrt. *"Teure Klamotten, Schmuck, Champagner?"*

"Ganz einfach", antwortete Belinda, *"indem er einen reichen Vater hat."*

"Und hat dieser Fabio einen reichen Vater?" fragte Bernhard weiter.

"Hat er", antwortete Belinda, *"Fabios Vater ist der Besitzer der Rima-Werke in Turin."*

"Was ist das?" fragte Bernhard.

"Du kennst die Rima-Werke nicht?" fragte Belinda verwundert, *"das ist der größte Automobilzulieferer in ganz Europa!"*

"Kenne ich trotzdem nicht", antwortete Bernhard, und das Bewusstsein um die Herkunft Fabios machte ihm den Menschen keineswegs sympathischer.

"Jetzt weißt du es, mein Liebling", sagte Belinda, *"aber wieso interessierst du dich so für Fabio? Bist du etwa eifersüchtig?"*

"Hätte ich den Grund dazu?" fragte Bernhard.

"Ganz sicher nicht!" antwortete Belinda und lachte. *"Fabio ist nur ein Kommilitone und überhaupt nicht mein Typ."*

"Dann bin ich ja beruhigt", antwortete Bernhard und beendete damit das Gespräch.

Sie waren inzwischen bei der Wohnung Belindas angekommen. Als er in die Wohnung eintrat, wurde er überrascht. Hatte er eine kleine Studentenwohnung erwartet, so stand er jetzt in einem großen Appartement mit einer sehr geschmackvollen Einrichtung.

"Überrascht?" fragte Belinda den erstaunten Besucher. *"Schau dich ruhig ein wenig um, ich hole uns inzwischen etwas zu trinken."*

Bernhard betrachtete das Interieur der Wohnung. Auf der Suche nach einer Toilette wollte er versehentlich eine Tür öffnen, die jedoch verschlossen war.

"Warum ist diese Tür verschlossen?" fragte er Belinda.

"Das ist das Zimmer von Verena, einer Freundin und Mitbewohnerin. Sie ist über die Semesterferien zu

ihren Eltern gefahren. Sie sind nicht sehr begütert und daher habe ich ihr ein Zimmer zur Verfügung gestellt.

Das Bad befindet sich übrigens eine Tür weiter", ergänzte Belinda ihre Ausführungen mit einem breiten Grinsen.

Als Bernhard aus dem Bad heraus kam, war Belinda nicht zu sehen. Er rief ihren Namen und aus einem Zimmer kam die Antwort:

"Komm bitte herein, mein Liebster und bring den Champagner mit, der auf dem Tisch steht!"

Bernhard tat, wie ihm geheißen und er betrat Belindas Schlafzimmer. Was er dann sah, verunsicherte ihn sehr. Es war das erste Mal, dass er Belinda nackt sah.

"Komm zu mir und liebe mich!"

Belinda streckte Bernhard ihre Arme entgegen und in ihren Augen war ein feiner Tränenschimmer erkennbar.

"Ich liebe dich so sehr!" sagte sie, *"Ich wünsche mir das schon lange, dass du mich in deinen Armen hältst!"*

Bernhard entkleidete sich und legte sich zu seiner Belinda. Dann liebten sie einander in einer wunderbaren Mischung aus Leidenschaft und Zärtlichkeit.

Als sie später glücksdurchströmt nebeneinander lagen, drängte sich Bernhard eine Frage auf, die er nicht umhin konnte seiner Liebsten zu stellen.

"Du hast wirklich eine ganz tolle Wohnung", sagte er, um nicht gleich mit der Tür ins Haus zu fallen.

"Ja", antwortete Belinda, *"und ich genieße sie jeden Tag."*

"Das kann ich gut verstehen", sagte Bernhard, der sich noch immer nicht traute die eigentliche Frage zu stellen.

Belinda hatte Bernhard längst durchschaut und befreite ihn nun aus seiner Not, indem sie sagte:

"Jetzt frage mich schon endlich, was du eigentlich wissen möchtest!"

Bernhard schaute Belinda überrascht an. War er wirklich so leicht zu durchschauen?

"Du willst doch wissen, ähnlich wie bei Fabio, wie sich eine arme Studentin eine solche Wohnung leisten kann."

Bernhard nickte und eine leichte Peinlichkeit erfasste ihn.

"Bitte entschuldige; es geht mich überhaupt nichts an", stotterte er und eine leichte Röte erfasste sein Gesicht.

"Du brauchst dich nicht zu entschuldigen", sagte Belinda, *"es ist überhaupt kein Geheimnis. Die Wohnung gehört eigentlich meinen Eltern. Sie benützen sie, wenn sie in die Stadt kommen, um ins Theater oder in die Oper zu gehen. Normalerweise leben sie ein Stück außerhalb auf dem Land."*

"Können wir deine Eltern nicht einmal besuchen?" fragte Bernhard, der sichtlich erleitert war.

"Ich dachte schon, du fragst mich das nie", sagte Belinda lachend, *"ich würde dich sehr gern meinen Eltern vorstellen."*

"Wunderbar!" rief Bernhard aus, *"Dann lass uns das doch machen."*

"Das geht leider nicht", sagte Belinda, *"die schippern gerade im Mittelmeer herum. Meine Eltern sind nämlich begeisterte Segler."*

"Schade", sagte Bernhard.

"Aufgeschoben ist ja nicht aufgehoben", antwortete Belinda, *"sagt man das nicht so bei euch?"*

"Es überrascht mich immer wieder, wie gut Deutsch du sprichst", sagte Bernhard und in seiner Stimme klang echte Begeisterung mit.

"Ich bin eben ein Naturtalent, mein geliebter Bernardo", sagte Belinda und wieder lachte sie dabei.

"Wie sehr liebe ich sie", dachte Bernhard und gab ihr einen dicken Kuss.

****

"Ward ihr schon einmal beim Palio?" fragte Dietmar seinen Freund Hans-Peter und dessen Frau.

"Nein!" antwortete Hans-Peter und Irene sagte:

"Ist das dieses Pferderennen, welches jedes Jahr im Juli stattfindet?"

"Ja", antwortete Dietmar, *"aber es findet zweimal jährlich statt, am 2. Juli und am 16. August."*

"Das ist ja übermorgen", sagte Irene begeistert.

"Was denkst du, warum ich euch gerade eben gefragt habe?" sagte Dietmar voll Genugtuung.

"Das ist ja wunderbar!"

Irene ließ ihrer Freude freien Lauf.

"Das muss ich unbedingt gesehen haben!"

"Das wirst du auch", sagte Dietmar, *"das werden wir alle!"*

Und zu Bernhard gewandt, sagte Dietmar:

"Willst du nicht deine kleine Freundin bitten uns zu begleiten?"

"Ich werde sie fragen", antwortete Bernhard, *"sie wird sich sicher darüber freuen."*

"Das will ich doch hoffen", sagte Dietmar und er schaute sich in der Runde umher in dem Bewusstsein, dass er soeben wieder einmal etwas ganz Tolles geleistet hatte. Und dann erklärte er den Unwissenden, was es mit dieser Veranstaltung denn auf sich habe:

"Der Palio di Siena findet seinen Ursprung in der Zeit des späten Mittelalters und der Frührenaissance. Es war die Zeit, in welcher sich die Städte Italiens ihre Unabhängigkeit erkämpft haben.

Was heute als Touristenattraktion dargeboten wird, ist eines der härtesten Pferderennen in ganz Europa. Die Teilnehmer sind verwegene Reiter aus den einzelnen Stadtteilen.

Sie umreiten auf ungesattelten Pferden dreimal einen großen Platz, die Piazza del Campo. Der Wettkampf wird von einer großen Leidenschaft getragen und ist gespickt mit tief verwurzelten Animositäten.

Das ganze Spektakulum findet in mittelalterlichen Kostümen statt, ergänzt von Fahnenschwenkern und Trommlern. Es kommt auch immer wieder einmal zu Unfällen und Stürzen.

Eine etwas weniger gefährliche Variante ist der Wettbewerb mit Eseln, auf Booten oder mit Leiterwagen, dem sogenannten Heuwagenrennen."

Irene und Hans-Peter hatten Dietmar aufmerksam zugehört und jedes seiner Worte in sich aufgesogen. Was die übrigen Zuschauer betraf, so kannten sie die Geschichte. Sie hatten dem Palio schließlich schon öfter beigewohnt. Zuerst Dietmar in Begleitung seines Vaters und später Bernhard und Severin in Begleitung ihres Vaters.

"Ich werde nicht mitkommen", sagte Severin, *"ich habe das schon zur Genüge erlebt."*

"Natürlich wirst du mitkommen", sagte Dietmar, *"alle werden mitkommen; das wird ein richtiger Familienausflug werden."*

****

Bernhard hatte Belinda angerufen, um ihr von der Einladung zum Palio zu berichten.

"Ich kann nicht mitkommen", sagte sie am Telefon, *"es geht mir nicht so gut."*

"Was hast du denn, Liebling?" fragte Bernhard besorgt.

"Ich bin überfallen worden", antwortete Belinda.

"Um Gottes Willen", rief Bernhard, *"ich komme sofort zu dir!"*

"Nein", sagte Belinda, *"ich möchte nicht, dass du mich so siehst."*

"Ich bestehe darauf!" sagte Bernhard.

"Dann komme ich zu dir", antwortete Belinda, *"wir treffen uns am Teich."*

"Warum gerade dort?" fragte Bernhard.

"Da ist es ruhig und ich mag jetzt keine Menschen sehen."

"Das verstehe ich", antwortete Bernhard, *"dann bis gleich."*

Als Bernhard Belinda gegenüber stand, erschrak er zutiefst. Er sah in ein Gesicht mit einem geschwollenen Auge, einer aufgeplatzten Lippe und vielen blauen Flecken.

"Das sieht ja furchtbar aus", entfuhr es ihm, *"was hat man dir nur angetan?"*

"Halte mich bitte fest", sagte Belinda, *"halte mich einfach nur ganz fest!"*

Bernhard nahm Belinda in seine Arme und strich ihr liebevoll über den Kopf. Nach ein paar Minuten begann Belinda zu erzählen:

"Ich war mit Freundinnen, wie an jedem Mittwoch im Piccolo Las Vegas zum Mädelsabend. Als ich später zum Auto ging, kam ein Mann auf mich zu und wollte meine Tasche. Weil ich sie ihm nicht geben wollte, hat er so lange auf mich eingeschlagen, bis ich am Boden lag."

"Hast du den Mann erkannt? Warst du bei der Polizei?" fragte Bernhard völlig aufgewühlt.

"Nein", antwortete Belinda.

"Aber warum denn nicht?" fragte Bernhard verwundert.

"Weil das zwecklos gewesen wäre; denn ich habe das Gesicht des Mannes nicht erkennen können. Er trug eine Skimaske und außerdem ist der Parkplatz nur wenig beleuchtet."

"Aber beim Arzt warst du schon?" fragte Bernhard besorgt.

"Ja, war ich", antwortete Belinda, *"aber lass uns jetzt nicht mehr darüber reden."*

Sie hielt sich fest an Bernhard geschmiegt und gab sich einem Gefühl tiefer Geborgenheit hin.

"Kommst du öfter hierher?" fragte Bernhard.

"Ja", antwortete Belinda, *"hier ist es so angenehm ruhig und friedlich. Ich schaue auf das Wasser oder beobachte die Menschen, wie sie ihre Angel auswerfen und geduldig warten, bis ein Fisch anbeißt."*

"Das habe ich auch schon probiert; jedoch ohne Erfolg", sagte Bernhard.

"Du angelst auch? fragte Belinda erstaunt.

"Ja", antwortete Bernhard, *"ich habe sogar mein eigenes Angelzeug von zuhause mitgebracht."*

"Das überrascht mich jetzt aber", sagte Belinda, *"das hätte ich dir gar nicht zugetraut."*

"Dass ich es kann oder dass ich es tue?" fragte Bernhard lachend.

"Dass du es tust natürlich, amore mio", sagte Belinda und lachte ebenfalls.

Bernhard freute es, wenn Belinda "amore mio" zu ihm sagte. Und er freute sich in diesem Augenblick noch mehr darüber, dass Belinda lachte.

Es schmerzte ihn sehr in das geschundene Gesicht seiner Liebsten zu blicken. Er fühlte eine Wut gegen den Menschen in sich aufsteigen, welcher seiner Liebsten das angetan hatte.

Da fiel Bernhard das Messer ein, welches er immer bei sich trug. Es war ein spezielles Klappmesser mit einem Griff aus Palisanderholz und einer Klingenlänge von neun Zentimetern. Man benützte es gleichermaßen für die Jagt wie beim Angeln.

Er nahm es aus seiner Tasche und hielt es Belinda hin. Dann sagte er:

"Ich schenke dir dieses Messer und ich möchte, dass du es immer bei dir trägst!"

Belinda schaute auf das Messer und antwortete:

"Sei mir bitte nicht böse, Bernardo; aber ich will das nicht. Ich mag keine Waffen."

"Das ist keine Waffe", sagte Bernhard, *"es ist ein Geschenk und es soll dich an mich erinnern, wenn ich nicht bei dir bin."*

Belinda lächelte. *"Du bist süß,* sagte sie, *"und ein piccolo monello."*

"Was heißt das?" fragte Bernhard.

"Schau im Wörterbuch nach, wenn du es wissen willst", sagte Belinda und lachte wieder.

"Es ist wunderschön, wenn du lachst", sagte Bernhard, *"und es erwärmt mein Herz."*

Belinda lächelte und sie empfand eine tiefe Dankbarkeit für ihren Bernardo.

Als sie das Geschenk näher betrachtete, bemerkte sie die beiden eingravierten Buchstaben.

"B.B.- da sind ja deine Initialen eingraviert."

"Du irrst dich", sagte Bernhard, *"B.B. heißt nicht Bernhard Bürger sondern Bellissima Belinda!"*

Jetzt musste Belinda herzlich lachen. Es wurde ihr in diesem Augenblick bewusst, wie gut ihr Bernhard tat und wie sehr sie ihn liebte, ihren "Tedesco".

Sie küsste ihn wieder und immer wieder und sie flüsterte ihm leise ins Ohr:

"Ti amo, ti amo, Bernardo, adesso e per sempre!"

Bernhard hatte jedes dieser zärtlichen Worte verstanden und er erwiderte sie ebenso wie ihre Küsse.

"Ich liebe dich auch, Belinda und ich werde auf dich aufpassen!"

"Ich weiß, mein Liebster, mein Cavaliere; ich weiß", antwortete Belinda und ihre Augen leuchteten.

"Was wollen wir am Samstag unternehmen, wenn die anderen zum Palio gehen?" fragte Bernhard.

"Wieso?" fragte Belinda, *"gehst du nicht mit?"*

"Nein", antwortete Bernhard, *"wo denkst du hin? ich werde dich doch nicht allein lassen."*

"Was werden deine Eltern dazu sagen?" fragte Belinda.

"Das ist mir egal", antwortete Bernhard, *"und außerdem bin ich mir sicher, dass sie es verstehen werden."*

"Ich würde am liebsten zu dir kommen, wenn es dir recht ist", sagte Belinda, *"ich möchte nicht unter Menschen, solange ich so aussehe."*

"Das ist eine gute Idee", sagte Bernhard, *"ich freue mich schon sehr darauf!"*

"Wollen wir jetzt noch zu meiner Familie gehen?" fragte Bernhard, *"Sie würden sich sicher freuen dich zu sehen."*

"So?" fragte Belinda ungläubig, *"So wie ich jetzt gerade aussehe?"*

"Entschuldige bitte!" sagte Bernhard, *"Ich glaube, das war gerade etwas unsensibel von mir..."*

"Das kann man wohl sagen, amore mio", sagte Belinda und fügte hinzu:

"Außerdem habe ich später noch einen Termin beim Dottore."

Bernhard und Belinda blieben noch eine Weile am Teich sitzen und genossen die Stille und die wärmenden Strahlen der Sonne, bevor sich Belinda verabschiedete.

"Ciao Bernardo e a presto!"

Bernhard schaute ihr noch lange nach, bevor er sich auf den Weg machte, um seiner Familie zu berichten.

****

"Warum muss ich mitfahren und Bernhard kann zuhause bleiben?" fragte Severin unmutig.

Die Palio-Truppe stand kurz vor ihrer Abfahrt und Severin machte einen letzten verzweifelten Versuch dem Event zu entfliehen.

"Weil Belinda etwas Schreckliches erlebt hat, wie du ja weißt", sagte Britta, *"und weil sich dein Bruder um das arme Mädel kümmern muss."*

"Ende der Diskussion", mischte sich Dietmar ein, *"du fährst mit und Schluss!"*

Irene, der nicht entgangen war, dass sich Severin anschickte die Diskussion weiter zu führen, und die wusste, wohin das führen würde, nahm Severin sanft beim Arm.

"Begleite deine Tante Irene", sagte sie, *"damit ich einen starken Beschützer an meiner Seite habe."*

"Du hast doch Onkel Hans-Peter, der dich beschützen kann", antwortete Severin, *"wozu brauchst du mich dann noch?"*

"Erstens weil mein lieber Ehemann mich vergisst, wenn das Rennen beginnt, weil er dann nur noch Augen für Pferd und Reiter hat, und zweitens weil du viel stärker bist als er."

Severin, der gerade eben noch seiner Wut Raum geben wollte, hatte sie total vergessen. Stattdessen lachte er und sagte:

"Du verstehst mich halt doch am besten von allen."

Britta verspürte einen leichten Stich im Herzen, als sie Severin dies sagen hörte. Sie fragte sich, was sie bei ihrem jüngsten Sohn falsch gemacht hatte.

Obwohl sie ihn immer wieder unterstützte und gegen ihren Ehemann verteidigte, hatten sie nie wirklich zueinander gefunden.

Sie liebte ihn genauso wie Bernhard und doch war ihr Severin manchmal wie ein Fremder.

"Jetzt müssen wir aber los", mahnte Hans-Peter, wenn wir einen guten Platz haben wollen.

"Apropos Platz", sagte Dietmar, *"wollen wir nicht doch mit zwei Autos fahren?"*

"Unsinn", entgegnete Hans-Peter, *"wir sind ja nur zu fünft und wir passen bequem in meinen Wagen."*

"Also gut", sagte Dietmar, *"stürzen wir uns in das Vergnügen!"*

****

Es war schon später Nachmittag und Belinda war noch immer nicht gekommen. Bernhard hatte schon mehrmals ihre Nummer gewählt, wurde aber jedes Mal auf die Mailbox verwiesen.

Als es Abend wurde, begann er sich zu sorgen. Er fragte sich, ob die Verletzungen vielleicht schlimmere Folgen nach sich gezogen hätten.

Er setzte sich ins Auto und fuhr zum Piccolo Las Vegas in der Hoffnung sie dort zu finden oder vielleicht eine ihrer Freundinnen.

Bernhard war so voller Sorge, dass er sogar in Erwägung zog Fabio zu fragen, so er ihn treffen würde.

Weil er keine Adresse von Belinda wusste und weil es auch schon Abend war, würde er die Wohnung von ihr wohl kaum finden können.

Leider blieben seine Bemühungen ohne Erfolg. Er traf weder auf eine von Belindas Freundinnen noch auf den ihm unsympathischen Fabio.

Als er am Ferienhaus ankam, waren die Ausflügler schon wieder zurück gekehrt. Im Haus herrschte aufgeregte Stimmung. Der Palio war offenkundig ein voller Erfolg.

"Wo kommst du denn her?" fragte ihn die Mutter.

"Ich habe Belinda gesucht", antwortete Bernhard, dessen Niedergeschlagenheit klar zu erkennen war.

"Ich denke, sie wollte zu dir hierher kommen", fuhr Britta fort.

"Ja; aber sie ist nicht gekommen", antwortete Bernhard.

Jetzt wurden auch die anderen hellhörig.

"Warum hast du sie nicht angerufen?" fragte Dietmar.

"Habe ich doch", antwortet Dietmar, *"aber da war immer nur die Mailbox."*

"Jetzt gehen wir erst alle einmal schlafen und morgen früh suchen wir gemeinsam nach Belinda", schlug Britta vor, *"du wirst sehen, das wird sich alles aufklären."*

Bernhard nickte. Ein schlimmer Verdacht stieg in ihm hoch und eine Stimme sagte ihm:

"Hoffentlich ist meiner Belinda nichts Schlimmes passiert..."

****

Ein heftiges Klopfen an der Eingangstür weckte die Schlafenden auf. Es wurde durch lautes Rufen ergänzt:

"Aufmachen, aufmachen! Hier ist die Polizei."

Severin war als erster bei der Tür. Als er sie aufmachte, blickte er in das Gesicht eines Mannes im Anzug, der ihm einen Ausweis entgegenstreckte. Er wurde von zwei Uniformierten begleitet.

"Sind Sie Bernardo Bürger?" fragte der Kriminalbeamte mit mürrischer Stimme.

"Nein", antwortete Severin, *"das ist mein Bruder."*

"Ist Ihr Bruder anwesend?" fragte der Beamte weiter.

Und bevor Severin antworten konnte, mischte sich sein Vater ein, der inzwischen dazu gekommen war.

"Ich bin Professor Bürger", sagte Dietmar, seinen Status hervorhebend, *"und wer sind Sie und was wollen Sie mitten in der Nacht?"*

Der Beamte, sichtlich beeindruckt von Dietmar, nahm Haltung an und sagte:

"Scusi, Professore; ich bin Commissario Cornetti und ich habe einen Haftbefehl für Signore Bernardo Bürger."

"Einen Bernardo Bürger haben wir hier nicht", sagte Dietmar, *"aber wenn Sie Bernhard Bürger meinen, das ist mein Sohn."*

Was in dieser Situation fast ein wenig zynisch anmutete, war in Wirklichkeit nichts Anderes als die akkurate Art eines Professors für Germanistik.

"Naturalmente Professore", sagte der sichtlich eingeschüchterte Commissario, *"ich meine Signore Bernhard Bürger."*

Commissario Cornetti fühlte sich äußerst unwohl und das Aussprechen von "Bernhard" fiel ihm deutlich schwerere als das Wort "Bernardo".

Seine Kollegen in Uniform genossen das Szenario insgeheim, denn Cornetti erfreute sich keiner allzu großen Beliebtheit.

"Was wollen Sie von meinem Sohn?" insistierte Dietmar, der sich keinen Reim auf das plötzliche Auftauchen der Polizei machen konnte.

"Ihr Sohn steht unter dringendem Mordverdacht", antwortete der Commissario.

"Was?"

Ein Entsetzensschrei drang aus dem Hintergrund hervor. Es war Britta, Bernhards Mutter, die sich instinktiv vor ihren Sohn stellte.

"Mein Sohn ist kein Mörder!" schrie sie laut, *"Verlassen Sie sofort unser Haus!"*

Irene ging zu Britta und legte den Arm um sie.

"Beruhige dich, Britta", sagte sie, *"es kann sich nur um einen Irrtum handeln; es wird sich sicher alles aufklären."*

"Ich soll mich beruhigen?" schrie Britta mit weit aufgerissenen Augen, *"Ich möchte wissen, wie du dich verhalten würdest, wenn man deinen Sohn des Mordes bezichtigen würde."*

Britta war völlig außer sich. Nur so ließen sich ihre sinnentleerten Worte erklären, welche sie Irene an den Kopf geworfen hatte.

Irene nahm es Britta nicht übel. Ihr war bewusst, dass sich ihre Freundin in einem Ausnahmezustand befand.

Bernhard war vorgetreten und hielt dem Commissario seine Hände entgegen. Dieser wehrte jedoch ab.

"Das wird nicht nötig sein", sagte er in einem freundlichen Ton und schaute Dietmar dabei an, so als wolle er sich entschuldigen für das, was gerade geschah.

"Es tut mir leid, Professore", sagte er dann tatsächlich, *"ich mache nur meine Pflicht."*

"Halte durch, mein Junge!" sagte Dietmar zu Bernhard, *"ich besorge dir umgehend einen Anwalt. Den besten ganz Italiens!"*

****

"Wo waren Sie am 16. August zwischen 19:00 und 21:00 Uhr?"

Mit dieser Frage begann das Verhör des Mordverdächtigen Bernhard Bürger in der Prefettura di Siena an der Piazza del Duomo.

Bernhard saß im Verhörraum der Polizeipräfektur in Begleitung seines Anwalts, Avvocato Bernini.

"Das weiß ich nicht mehr so genau", antwortete Bernhard, sichtlich gezeichnet von den Ereignissen des vergangenen Tages und einer schlaflosen Nacht.

"Was heißt das, Sie wissen es nicht genau", polterte Commissario Cornetti, der wieder er selbst war, da er in heimischen Gewässern weilte, weit weg von dem Professore aus Germania.

"Mein Mandant steht noch unter Schock ob der Ereignisse der vergangenen Nacht", mischte sich der Avvocato ein, *"und er braucht etwas Zeit zum Nachdenken."*

"Dann denken Sie einmal gut nach, Signore Bernardo", sagte der Commissario.

"Ich war unterwegs, um Belinda zu suchen."

"Waren Sie allein oder in Begleitung?" fragte der Commissario.

"Ich war allein", antwortete Bernhard.

"Kamen Sie bei Ihrer Suche zufällig auch in der Via Ancetto vorbei?" fragte der Commissario und seine Augen funkelten dabei.

Es schien, als wäre er sich seiner Sache sehr sicher, was den Avvocato etwas beunruhigte. Er beugte sich zu seinem Mandaten und flüsterte ihm ins Ohr:

"Antworten Sie nur mit JA, wenn Sie sich genau daran erinnern!"

Bernhard nickte und antwortete:

"Das weiß ich nicht genau. Es war dunkel und die Straßennamen waren daher nur sehr schwer zu erkennen."

"Gute Antwort, Signore Bernardo", sagte der Commissario, *"eine wirklich gute Antwort".* Und der Zynismus in seiner Stimme war nicht überhörbar.

"Bleiben Sie bitte sachlich, Commissario!" sagte Avvocato Bernini, dem das nicht entgangen war.

"Wissen Sie vielleicht, wer in der Via Ancetto wohnt?" fragte der Commissario und fügte noch hinzu:

"Gewohnt hat, sollte ich besser sagen; denn jetzt liegt er ja im Leichenschauhaus."

Bernard schaute seinem Gegenüber verunsichert ins Gesicht. Das ganze Szenario machte ihm Angst.

"Ich will es Ihnen sagen, mein Freund", fuhr der Commissario fort, *"in der Via Ancetto befindet sich die Wohnung von Signore Fabio Branco."*

Bei dem Namen "Fabio" zuckte Bernhard merklich zusammen.

"Aha! Sie kennen den Herrn also, wie mir scheint", sagte der Commissario triumphierend.

Und noch bevor der Avvocato Bernhard etwas sagen konnte, hatte Bernhard schon geantwortet.

"Das ist ein Studienkollege von meiner Freundin."

"Ein Studienkollege?" fragte Commissario Cornetti ungläubig und schob eine Fotografie des Toten über den Tisch.

"Meinen Sie diesen Herrn auf der Fotografie?" fragte er Bernhard.

"Ja, das ist er", antwortete Bernhard und der Commissario sagte:

"Für das Protokoll: Der Verdächtige identifiziert das Mordopfer als Fabio Branco."

Dann wandte er sich Bernhard zu und fragte:

"Haben Sie Fabio Branco ermordet?"

Bernhard wurde schwarz vor den Augen. Er saß wie gelähmt da und sah in das Gesicht seines erwartungsvollen Gegenübers.

"Haben Sie meine Frage verstanden?" sagte der Commissario, und nachdem Bernhard nicht darauf reagierte, wiederholte er noch einmal:

"Haben Sie Fabio Branco ermordet?"

"Nein!"

Bernhard hatte die Antwort hinaus geschrien. Er war dabei aufgestanden und starrte den Commissario verständnislos an.

"Setzen Sie sich sofort nieder oder ich lasse Ihnen Handschellen anlegen!" herrschte der Commissario Bernhard an, und er kostete wieder einmal dieses unbeschreibliche Gefühl der Macht aus, welches sein Beruf ihm gelegentlich bescherte.

Bernhard setzte sich nicht nieder, er sank vielmehr in sich zusammen.

"Sie sagten vorhin, es handle sich bei dem Ermordeten um einen Studienkollegen Ihrer Freundin", fuhr der Commissario fort.

"Nun Bernardo, was studiert, scusi, studierte denn Ihr Freund?"

"Das weiß ich nicht und außerdem war Fabio kein Freund von mir", antwortete Bernhard.

"Sie wissen das nicht?" sagte Commissario Cornetti mit süffisanter Stimme, *"dann will ich es Ihnen sagen: Signore Branco studierte Zuhälterei, Betrug und Diebstahl in Piccolo Las Vegas und nicht auf der Università!"*

Bernhard erstarrte, als er das hörte. Fabio war ihm zwar von der ersten Begegnung an unsympathisch; aber was er jetzt zu hören bekam, war so ungeheuerlich, dass es ihm beinahe den Boden unter den Füßen wegzog.

Der Avvocato sah Bernhard erstaunt an. Aus den Akten wusste er um die Tätigkeiten des Ermordeten. Er ging jedoch auch davon aus, dass dies seinem Mandanten bewusst war.

"Wussten Sie das wirklich nicht?" raunte er Bernhard ins Ohr, was dieser verneinte.

"Ich möchte mich kurz mit meinem Mandanten besprechen", sagte er zu Commissario Cornetti, worauf dieser den Verhörraum verließ.

Als der Avvocato mit Bernhard allein war, legte dieser seinem Mandanten nahe, jetzt Belinda ins Spiel zu bringen, um eine Entlastung für Bernhard zu bewirken.

Der Commissario war wieder zurück gekommen und das Verhör wurde nun fortgesetzt.

"Mein Mandant beantragt seine Freundin, Signorina Belinda Canzone, als Zeugin zu befragen", sagte Avvocato Bernini, *"sie kann meinen Mandanten entlasten."*

"Dann brauche ich die Adresse dieser Dame und auch ihre Telefonnummer", antwortete Commissario Cornetti.

"Eine Adresse habe ich leider nicht", antwortete Bernhard, *"aber die Telefonnummer kann ich Ihnen geben."*

Der Commissario wählte die Telefonnummer, welche Bernhard ihm auf einen Zettel geschrieben hatte und brach kurz darauf den Vorgang ab.

"Unter dieser Nummer meldet sich niemand", sagte er und schaute Bernhard bedeutungsvoll an.

"Ich weiß", antwortete Bernhard, *"ich versuche es schon seit gestern; aber es meldet sich nur die Mailbox."*

"Sie verstehen mich nicht", sagte der Commissario, *"diese Nummer existiert überhaupt nicht."*

"Das kann doch gar nicht sein", sagte Bernhard entsetzt, *"wir haben doch immer unter dieser Nummer miteinander telefoniert. Zeigen Sie mir den Zettel; vielleicht habe ich Ihnen eine falsche Nummer aufgeschrieben."*

Bernhard überprüfte die Nummer auf dem Zettel, um danach zu bestätigen, dass sie richtig notiert sei.

"Waren Sie nie in der Wohnung der Dame?" fragte der Commissario.

"Doch; einmal", antwortete Bernhard.

"Und da wissen Sie die Adresse nicht?" fragte der Commissario und konnte ein leichtes Grinsen dabei nicht unterdrücken.

"Es war nachts, da habe ich den Straßennamen nicht gesehen."

"Und die Hausnummer dann wahrscheinlich auch nicht..." feixte der Commissario.

"Ich glaube, es war 214; sicher bin ich aber nicht."

"Vielleicht war es auch 412 oder 124; was meinen Sie, Signore Bernardo?"

Commissario Cornetti genoss es sichtlich den völlig verunsicherten Bernhard Bürger vorzuführen.

Avvocato Bernini überlegte kurz den Commissario zur Ordnung zu rufen; unterließ es aber dann doch.

Die Antworten seines Mandanten verunsicherten selbst ihn, und er bereute schon beinahe das Mandat angenommen zu haben.

"Aber vielleicht könnte ich Sie ja zu dem Haus hinführen, in welchem meine Freundin wohnt", bemühte sich Bernhard um Schadensbegrenzung.

"Das glauben Sie jetzt aber nicht wirklich", sagte der Commissario und in seinem Innersten pflichtete ihm auch der Avvocato bei.

Erkennen Sie dieses Messer?" fragte der Commissario und schob Bernhard die Tatwaffe zu, welche in einem Plastikbeutel verpackt war.

Bernhard erkannte darin sofort sein Fischmesser und mit trockener Kehle antwortet er:

"Ich glaube, ich besitze ein ähnliches Messer."

"Da irren Sie sich jetzt aber sehr", entgegnete der Commissario, *"das ist kein ähnliches Messer, das ist Ihr Messer, und es handelt sich zweifelsfrei um die Tatwaffe!"*

Bernhard erschrak zutiefst. Er hatte schon längst seine Initialen auf dem Messer entdeckt und damit sämtliche Zweifel ausschließen können.

Er musste unweigerlich an Belinda denken, und er fragte sich krampfhaft, was mit ihr geschehen war bzw. wo sie sich aufhalten könnte.

"Ist das Ihr Messer, Signore Bürger oder nicht?"

Die Frage traf Bernhard wie ein Peitschenhieb.

"Ja", antwortete Bernhard, *"es ist mein Messer."*

Und der Commissario beugte sich zum Mikrophon, das auf dem Tisch stand, hinunter und sagte:

"Für das Protokoll: Der Verdächtigte bestätigt, dass es sich bei der Mordwaffe um sein Messer handelt."

"Das stimmt so aber nicht!", warf Bernhard spontan ein, *"es ist seit einigen Tagen nicht mehr in meinem Besitz."*

"Was heißt das denn schon wieder?" fragte der Commissario sichtlich genervt.

"Ich habe dieses Messer verschenkt."

"Aha! Und an wen, wenn ich fragen darf?" sagte Commissario Cornetti mit vorgebeugtem Oberkörper.

"An meine Freundin."

"Sie meinen Signora Canzone", sagte der Commissario.

"Ja", antwortete Bernhard und der Commissario fuhr fort:

"Und dass das ihr richtiger Name ist, da sind sie sich sicher?"

"Was meinen Sie mit »ihr richtiger Name«", fragte Bernhard.

"Nun", sagte der Commissario, *"Keine Adresse - keine erreichbare Telefonnummer?"*

"Das Telefon hat sie vielleicht verloren", sagte Bernhard zögerlich.

Der Commissario sah zuerst Bernhard lange an und wandte dann seinen Blick zu Avvocato Bernini.

"Glauben Sie noch immer an die Unschuld Ihres Mandanten? Ich jedenfalls tue das nicht!"

Der Avvocato schluckte. Hatte er sich bis hierher fest daran geklammert, sein Mandant könne wirklich unschuldig sein, so schlichen sich jetzt immer mehr Zweifel ein.

"Ich denke, wir brechen hier die Vernehmung ab", sagte der Commissario, *"ich gehe davon aus, dass wir erst weitere Recherchen anstellen müssen."*

Der Avvocato nickte zustimmend und der Commissario hieß einen Uniformierten Bernhard zurück in die Zelle zu bringen.

****

"Wirst du auch gut behandelt?"

Mit dieser Frage begrüßte Dietmar seinen Sohn. als er ihn im Untersuchungsgefängnis besuchte.

Bernhard sah seinen Vater mit leeren Augen an und antwortete:

"Ich war das nicht, Papa; das musst du mir glauben!"

"Das weiß ich doch, mein Junge", antwortete Dietmar, *"das ist alles ein schrecklicher Irrtum. Wir holen dich da raus; halte noch eine Weile durch!"*

"Ich halte das nicht aus!" drängte es laut aus Bernhard heraus und zog die Aufmerksamkeit eines Wachbeamten auf sich. Als dieser näher kommen wollte, winkte ihm Dietmar beschwichtigend zu und der Beamte verzichtete darauf einzuschreiten.

"Du musst jetzt stark sein, mein Sohn", sagte Dietmar, *"jetzt Schwäche zu zeigen wäre nicht hilfreich."*

Bernhard nickte und Dietmar war bewusst, dass sein Sohn seine Worte zwar verstanden hatte; aber nichts damit anfangen konnte.

"Mama und die anderen lassen dich lieb grüßen; sie sind in Gedanken bei dir."

Bernhard nickte, begleitet von einem mühsamen Lächeln. Er unterließ es zu fragen, warum seine

Mutter nicht gekommen sei. Er war einfach zu müde dazu.

Dietmar hatte sich heftig dagegen gewehrt, dass Britta mitkommen wollte. Er hatte Angst, sie wäre alledem nicht gewachsen. Und jetzt, da er sah, wie zerbrechlich Bernhard war, fand er sich in seiner Einschätzung bestätigt.

"Hilft dir Avvocato Bernini, tut er auch etwas für dich?" fragte Dietmar und Bernhard antwortete:

"Er sucht krampfhaft nach Belinda; kann sie aber nicht finden."

"Wie ist das möglich?" fragte Dietmar, *"Belinda ist doch aus Fleisch und Blut; sie muss doch zu finden sein."*

"Ich verstehe das auch nicht", sagte Bernhard, *"und es will mir auch nicht in den Kopf, was Belinda mit dem Mord zu tun haben soll."*

"Die Sprechzeit ist beendet", kam eine Stimme aus dem Lautsprecher, *"bitte verabschieden Sie sich."*

"Brauchst du noch irgendetwas?" fragte Dietmar seinen Sohn und hielt dabei seine Hände fest.

"Ein Wunder, Papa", antwortete Bernhard, *"ich brauche ein Wunder."*

Bernhard wurde am nächsten Tag dem Haftrichter vorgeführt, der kurzen Prozess machte und Bernhard in die Haftanstalt Volterra einweisen ließ.

Das Staatsgefängnis, die "Fortezza Medicea" war einst eine Festung der Medici, einem Familiengeschlecht, aus welchem Adelige, Päpste und sogar zwei Königinnen von Frankreich hervorgingen.

****

"Erheben Sie sich!"

Mit diesen Worten begann der Prozess Mitte September gegen Bernhard Bürger unter dem Vorsitz von Giudice Giovanni Di Cesare.

Der Richter hieß die Anwesenden im Saal sich zu setzen und eröffnete dann das Verfahren.

"Wir verhandeln heute die Strafsache Bürger und ich bitte den Angeklagten sich zu erheben."

Bernhard stand auf und sein Blick wanderte zu seinem Vater, der im Zuschauerraum Platz genommen hatte. Er hatte sich freigenommen, um seinem Sohn beistehen zu können.

Bernhards Mutter wollte ursprünglich ebenfalls mit zur Verhandlung kommen, was Dietmar jedoch ablehnte. Er begründete seine Entscheidung damit, dass Britta dem Ganzen nicht gewachsen sei.

Sie war zwar mit angereist, blieb aber im Hotel. Britta litt sehr darunter nicht mit zur Verhandlung gehen zu können, vermochte aber der Entscheidung ihres Ehemannes nichts entgegen zu setzen.

Der Richter, schon ein älterer Herr, dem Strenge nicht unbedingt ins Gesicht geschrieben stand, hielt Bernhard an sich ihm zu zuwenden.

Er tat dies in einem ruhigen, fast schon freundlich anmutenden Ton, was seine Wirkung nicht verfehlte.

"Nennen Sie dem Gericht bitte Ihren Namen, Ihr Geburtsdatum und ihre Wohnadresse."

Als Bernhard seinen Namen und sein Geburtsdatum angegeben hatte, stockte er.

"Meinen Sie meine Adresse in Deutschland oder die jetzige?" fragte er verunsichert.

"Die in Deutschland, junger Mann", sagte der Richter lächelnd und fügte hinzu:

"Ihre jetzige Adresse ist dem Gericht ja bekannt."

Die versammelte Zuschauerschaft lachte ob dieser Bemerkung und Bernhard bekam einen roten Kopf. Sein Vater verspürte einen heftigen Stich in seinem Herzen.

"Was ist nur aus meinem Sohn geworden?" fragte er sich; denn er erkannte in ihm nicht mehr den klugen und taffen Bernhard wieder, sondern ein hilfloses Etwas ohne Boden unter den Füßen.

"Ruhe!" sagte der Richter, *"Ich bitte um Ruhe!"*

Dann wandte er sich an den Staatsanwalt mit den Worten:

"Ich bitte um das Eröffnungsplädoyer, Herr Staatsanwalt!"

Der Procuratore, Dottore Francesco, erhob sich und verlas die Anklage:

"Der hier anwesende Angeklagte, Signore Bernhard Bürger wird angeklagt am 16. August dieses Jahres Fabio Branco ermordet zu haben. Als Tatwaffe diente eine Art Jagdmesser, das mit den Initialen des Angeklagten versehen ist."

Ein staatlich vereidigter Dolmetscher, der auch schon die Verhandlungseröffnung durch den Herrn Vorsitzenden übersetzt hatte, wiederholte das soeben verlesene Eröffnungsplädoyer.

Bernhard hatte dem Dolmetscher ohne jegliche Regung zugehört, genauso wie er es schon bei Procuratore Francesco getan hatte.

"Danke, Signore Procuratore", sagte der Richter und wandte sich an Bernhard mit der Frage:

"Angeklagter, haben Sie das verstanden, was Signore Procuratore gesagt hat?"

Bernhard nickte.

"Sie müssen die Ihnen gestellten Fragen laut vernehmlich beantworten", sagte der Richter und fast hätte man den Eindruck gewinnen können, er empfinde ein wenig Mitleid mit Bernhard.

"Si, Signore Giudice", antwortete Bernhard kleinlaut, und wieder hatte man den Eindruck, der Richter empfinde Sympathie für Bernhard, denn er reagierte nicht auf Bernhards Antwort.

Die richtige Anrede für den Richter hätte nämlich "Vostro Onore" heißen müssen und nicht "Signore Giudice".

"Dann frage ich Sie jetzt, bekennen Sie sich schuldig im Sinne der Anklage?" sagte der Richter und sah Bernhard prüfend an.

"Ich habe das nicht getan, Signore Giudice!" sagte Bernhard, und der Staatsanwalt fuhr ihn barsch an:

"Antworten Sie nur mit JA oder NEIN, Angeklagter und den ehrenwerten Herrn Vorsitzenden haben Sie gefälligst mit »Vostro Onore« anzusprechen!"

Der Richter, welcher den Staatsanwalt nur allzu gut kannte, machte eine beschwichtigende Handbewegung in dessen Richtung. Er dachte daran, warum man den Procuratore hinter vorgehaltener Hand den "Carnefice" nannte, den "Scharfrichter".

"Überlassen Sie die Belehrungen des Angeklagten doch bitte mir, Herr Kollege", sagte er in Richtung Staatsanwalt und ergänzte:

"Und beginnen Sie mit der Beweisaufnahme."

Procuratore Francesco war unter der Zurechtweisung durch den Vorsitzenden zusammen gezuckt. Es schmeckte ihm so gar nicht, dass dies coram publico geschehen war.

Er trat vor mit der Tatwaffe in der Hand und hielt sie Bernhard entgegen.

"Erkennen Sie dieses Messer?" fragte er und seine Augen blitzten vor Erregung.

"Ja", antwortete Bernhard wahrheitsgemäß, *"das ist mein Fischmesser."*

"Mag ja sein", sagte der Procuratore, *"dass man das als Fischmesser verwenden kann; aber es eignet sich auch hervorragend als Mordwaffe!"*

Ein Raunen ging durch die Menge und der Procuratore fuhr fort:

"B.B., Sind das Ihre Initialen auf dem Messer?"

Und wieder antwortete Bernhard mit "JA".

"Mit dieser Waffe wurde der heimtückische Mord an Fabio Branco verübt und der Täter ist zweifellos der Angeklagte, Signore Bernhard Bürger!"

Der Staatsanwalt hatte das Messer demonstrativ in die Höhe gehalten und reichte es jetzt dem Vorsitzenden.

"Sind denn die Fingerabdrücke von Herrn Bürger auf dem Messer?" fragte der Verteidiger, Signore Avvocato Bernini, dem vom Vorsitzenden das Wort erteilt worden war.

"Natürlich nicht", antwortete der Staatsanwalt in überheblicher Manier, *"die hat der kluge Angeklagte abgewischt; das liegt doch auf der Hand."*

"Ich beantrage das Messer als Beweismittel gegen meinen Mandanten zu streichen", sagte der Avvocato, *"der ehemalige Besitz des Messers durch meinen Mandanten impliziert noch nicht, dass er damit einen Menschen getötet hat. Das ist reine Spekulation!"*

Wieder ging ein Raunen durch den Saal.

"Ruhe!" sagte der Richter, *"Ich bitte um Ruhe!"*

"Haben Sie noch weitere Beweise?" fragte der Richter den Staatsanwalt.

"Jawohl, Vostro Onore", antwortete Procuratore Francesco und sagte dann:

"Ich rufe die Zeugin, Signorina Stella Farese in den Zeugenstand!"

Der Richter wies den Gerichtsdiener an, er möge die Zeugin herein bitten.

Die Zeugin nannte ihren Namen, das Geburtsdatum und ihren Wohnsitz.

"Sind Sie mit dem Angeklagten verwandt oder verschwägert?" fragte der Richter die Zeugin, was diese verneinte.

"Kennen Sie den hier Anwesenden oder sind Sie ihm davor schon einmal begegnet?" fragte der Richter weiter.

Auch diese Frage beantwortete die Zeugin mit "NEIN".

Der Richter wandte sich dem Staatsanwalt zu, er möge die Befragung beginnen.

"Signorina Farese, schildern Sie doch bitte dem Gericht, was Sie am 16. August diesen Jahres beobachtet haben."

"Mir ist am 16. August ein Auto mit deutschem Kennzeichen aufgefallen, das vor dem Haus in der Via Ancetto geparkt stand."

"Sie meinen das Haus, in welchem der Ermordete gelebt hatte", unterbrach sie der Staatsanwalt.

"Si, Signore Procuratore", antwortete die Zeugin, und der Staatsanwalt fragte weiter:

"Was war das für ein Auto? Können Sie die Marke nennen?"

"Es war ein grüner Citroën", antwortete die Zeugin.

"Können Sie uns auch die Typenbezeichnung nennen?" fragte der Staatsanwalt.

"Tut mir leid; das weiß ich nicht", antwortete die Zeugin, *"aber es war so einer, den man rauf und runter lassen kann."*

Der Staatsanwalt lächelte und sagte:

"Es handelt sich hier offenbar um einen Citroën DS, die Göttin - eine Perle französischer Automobilbauerkunst."

Der Avvocato hob seine Hand und der Richter erlaubte ihm zu sprechen.

"Zeugin, woher wissen Sie das mit dem Rauf- und Runterlassen dieses Autos, vom dem Sie noch nicht einmal wissen, wie es genau heißt?"

"Das weiß ich, weil ich einmal einen Freund hatte, der ein solches Auto fuhr", antwortete die Zeugin.

Der Avvocato bedankte sich und setzte sich wieder nieder.

"Nun", sagte der Staatsanwalt und fuhr nach einer gekünstelten Pause fort, *"das erklärt aber noch nicht, warum Ihnen das Auto so in Erinnerung geblieben ist. Vielleicht weil es gar so schön ist?"*

Einige Zuschauer lachten.

"Vostro Onore, ich bitte Sie den Herrn Staatsanwalt zu veranlassen die Befragung nicht zu einer Unterhaltungssendung zu machen", wandte sich der Avvocato an den Richter.

Und der Richter wies den Staatsanwalt mit den Worten an:

"Ich ersuche Sie die Befragung sachlich zu führen; wir sind hier nicht beim Theater!"

Der Procuratore zuckte zusammen. Das hatte zuvor noch kein Richter zu ihm gesagt. Er fühlte sich in seiner Eitelkeit zutiefst verletzt und dokumentierte das mit einem zürnenden Blick in Richtung Verteidigung.

Er nickte kurz dem Richter zu und presste ein leises *"Scusi, Vostro Onore!"* heraus.

Dieser quittierte das ebenfalls mit einem Kopfnicken und sagte:

"Fahren Sie mit der Befragung fort; aber bleiben Sie sachlich!"

"Zeugin, ich frage Sie noch einmal, warum Ihnen das besagte Fahrzeug so gut in Erinnerung geblieben ist?" wiederholte der Staatsanwalt seine Frage.

"Weil der Angeklagte aus dem Haus gerannt kam, sich in sein Auto setzte und wie wild davon raste."

Der Staatsanwalt bedankte sich bei der Zeugin und in dem Bewusstsein, mit dieser Aussage den Sack zuschnüren zu können, sagte er:

"Keine Fragen mehr; Ihr Zeuge, Signore Avvocato!"

Avvocato Bernini erkannte die schier aussichtslos scheinende Lage seines Mandanten, machte dennoch einen zaghaften Versuch:

"Zeugin; wie weit waren Sie entfernt, als der Angeklagte das Haus verließ, um in seinen Wagen zu steigen?"

"Der Mann hätte mich beinahe umgerannt", antwortete Signorina Farese, *"ich habe mir doch gerade das schöne Auto angeschaut, als er heraus kam."*

Der Avvocato, dem in diesem Augenblick bewusst wurde, dass er dem Procuratore zusätzliche Munition verschafft hatte, wagte einen weiteren Versuch.

"Sie wohnen doch gar nicht in dieser Gegend, was hatten Sie dort zu suchen?"

Signorina Farese schaute mit großen Augen zuerst zum Vorsitzenden und dann zum Staatsanwalt.

Der Staatsanwalt konnte sich nicht verkneifen zu sagen:

"Ist das die Sachlichkeit, die Sie bei mir angemahnt haben, verehrter Herr Kollege?"

Der Vorsitzende überging die Bemerkung und sagte zur Zeugin:

"Beantworten Sie bitte einfach die Frage des Avvocato!"

"Ich habe in der Nähe eine Freundin besucht", antwortete die Signora sichtlich erregt, *"ich kann Ihnen gern die Adresse geben."*

"Das wird nicht nötig sein", antwortete der Richter und entließ die Zeugin.

"Gibt es noch weitere Zeugen?" fragte er in Richtung der Verteidigung, was diese verneinte.

Der Staatsanwalt verneinte ebenfalls, brachte aber einen Antrag ein mit den Worten:

"Vostro Onore, ich erwarte noch das Ergebnis einer wichtigen Ermittlung und bitte daher um Vertagung der Verhandlung."

"Das fällt Ihnen recht spät ein, Procuratore. Ist es wirklich prozessrelevant?" antwortete der Richter.

"Sehr sogar, Vostro Onore", antwortete der Staatsanwalt.

"Dann vertage ich den Prozess auf übermorgen, 10:00 Uhr. Die Verhandlung ist geschlossen!"

Bevor Bernhard hinaus geführt wurde, fragte ihn der Avvocato:

"Gibt es vielleicht noch mehr Überraschungen, von denen ich wissen sollte? Sie haben es mir bisher nicht gerade leicht gemacht."

Bernhard schüttelte nur den Kopf.

"Das hoffe ich", sagte der Avvocato, *"bis jetzt sind es nur Indizien, die sie belasten. Wir können also darauf hoffen, dass es der Richter genauso sieht. Also Kopf hoch, mein Lieber!"*

****

Dietmar und Britta saßen im Restaurant "Da Luigi". Sie hatten sich mit dem Avvocato zum Essen verabredet.

"Vielen Dank, Avvocato Bernini, dass Sie meiner Einladung gefolgt sind", sagte Dietmar, *"meine Frau und ich wissen das sehr zu schätzen!"*

"Ich bedanke mich meinerseits", antwortete der Avvocato, *"ich bin Ihrer Einladung gern gefolgt."*

"Wie geht es meinem Sohn?" fragte Britta. Sie war es, die auf diese Einladung bestanden hatte. Die Sorge um Bernhard setzte ihr sehr zu. Es war ihr auch äußerlich anzumerken. Viele Tränen und wenig Schlaf hatten ihre Spuren hinterlassen.

"Den Umständen entsprechend recht gut", antwortete Avvocato Bernini. Was anderes hätte er einer verzweifelten Mutter auch antworten sollen.

Dass es sich bei der Antwort um eine Lüge handelte, stand für den Vater Dietmar außer Frage. Bernhard drohte an der Haft zu zerbrechen.

"Konnten Sie etwas darüber in Erfahrung bringen, wo sich Signorina Canzone aufhält?" fragte Dietmar.

"Leider nein", antwortete der Avvocato. *"Ich habe alles versucht; aber ohne Erfolg."*

"Waren Sie auch in der Universität?" fragte Dietmar weiter.

"Ich habe es versucht; aber während der Semesterferien findet ja kein regulärer Betrieb statt. Die Dame, die das Verwaltungsbüro besetzt hält, hat mich auf den Beginn des regulären Betriebs vertröstet."

"Dann ist es doch zu spät", sagte Britta völlig aufgeregt, *"dann haben die meinen Sohn vielleicht schon längst verurteilt"*.

Britta fing zu weinen an. Dietmar legte seinen Arm um seine Gattin, um sie zu trösten und der Avvocato sah hilflos zu.

****

"Erheben Sie sich!"

Mit diesen Worten wurde der zweite Prozesstag in der Mordsache "Fabio Branco" eröffnet.

Der Triumph, mit welchem der Procuratore den nächsten Zeugen aufrief, war nicht zu überhören:

"Ich rufe den Zeugen Lorenzo Di Giorgio auf!"

Ein Mann, Mitte bis Ende vierzig trat in den Zeugenstand.

"Nennen Sie uns bitte Ihren Namen, Ihr Geburtsdatum und Ihre Wohnadresse!" sagte der Vorsitzende und überließ dann dem Procuratore die Befragung.

"Zeuge, teilen Sie dem Hohen Gericht doch bitte mit, welchem Beruf Sie nachgehen!"

"Ich bin Privatermittler, Signore Procuratore", antwortete der Befragte.

"Sie sind also ein Privatdetektiv", sagte der Staatsanwalt.

"Ich ziehe die Bezeichnung »Privatermittler« vor", antwortete der Zeuge.

"Das ist doch ein und dasselbe", sagte der Staatsanwalt, *"finden Sie nicht?"*

Signore Di Giorgio zuckte mit den Schultern.

"Wenn sie dann bitte mit der Befragung des Zeugen fortfahren wollen, Signore Procuratore", beendete der Giudice die Glaubensfrage, wie nun der Zeuge richtigerweise zu benennen sei.

"Sicuramente, Vostro Onore", antwortete der Staatsanwalt wenig erfreut über die Zurechtweisung.

Er hatte den Vorsitzenden noch nie leiden können, tröstete sich aber mit dem Gedanken, dass er der Justiz noch lange erhalten bliebe, wenn sein Widersacher demnächst in den Ruhestand versetzt werden würde.

"Zeuge, ist es richtig, dass Sie von der Staatsanwaltschaft beauftragt worden sind Recherche über die Signorina Belinda Canzone anzustellen?"

"Si, Signore Procuratore", antwortete der Zeuge, und der Staatsanwalt fuhr fort:

"Würden Sie die Liebenswürdigkeit besitzen dem Gericht das Ergebnis Ihrer Recherche mitzuteilen?"

"Si, Signore Procuratore", antwortete der Zeuge erneut und wandte sich dem Vorsitzenden zu.

"Es gibt keine Signorina Belinda Canzone!"

Der Procuratore strahlte über das ganze Gesicht und sein Blick richtete sich triumphierend zu dem Vorsitzenden hin, der große Mühe hatte die tumultartigen Zuschauer zur Raison zu rufen.

Der Avvocato erblasste. Dieser Satz wendete das Blatt des Angeklagten schlagartig und ließ die Hoffnung auf einen Freispruch sinken.

Bernhard war völlig in sich zusammen gesunken. Er wandte den Blick hilfesuchend zu seinem Vater, dem sämtliche Farbe aus dem Gesicht gewichen war.

"Können Sie das Ergebnis Ihrer Recherche etwas näher erläutern?" fragte der Vorsitzende, *"auf was stützt sich das Ergebnis?"*

"Ich habe gute Verbindungen zur Universität und ich habe im Sekretariat überprüfen lassen, ob eine Studentin Belinda Canzone inskribiert hat.

Außerdem habe ich in den Hörsälen, in welchen die Vorlesungen für Deutsch und Geschichte abgehalten werden, ein Bild der angeblichen Signorina Canzone herum gezeigt; aber sie wurde von niemandem erkannt. Ich habe auch auf dem Campus niemand gefunden, der die Fotografie identifizieren konnte."

"Das muss aber nicht zwangsläufig heißen, dass es Signorina Canzone überhaupt nicht gibt", warf der Vorsitzende ein.

"Doch, Vostro Onore!" sagte der Procuratore genüsslich, *"laut Zentralmelderegister gibt es keine Signora Belinda Canzone"* und er genoss jedes seiner einzelnen Worte.

Und als kleine Zugabe fügte er noch hinzu:

"Zumindest nicht in Bella Italia."

Damit hatte er die Lacher im Saal auf seiner Seite.

"Wird von Seiten der Verteidigung eine Vereidigung des Zeugen gefordert?"

Der Avvocato verneinte und der Vorsitzende beendete die Zeugenbefragung und bat Staatsanwaltschaft und Verteidigung um ihre Schlussplädoyers.

"Hohes Gericht, ein Mann in der Blüte seiner Jahre, musste gewaltsam sterben. Die Verhandlung hat zwar nicht nachweisen können, welches Motiv der Tat zugrunde liegt; aber es hat den Täter zweifelsfrei überführen können.

Bernardo Bürger, ein junger deutscher Mann, der als Gast in unserem Land weilt, hat mit seinem Jagdmesser einen jungen Italiener in seinem eigenen Heimatland ermordet.

Nicht nur, dass er diese abscheuliche Tat begangen hat, hat er auch noch die Dreistigkeit besessen dem Gericht eine Lügengeschichte aufzutischen.

Er hat das Verbrechen, das er begangen hat, einer fiktiven Person in die Schuhe schieben wollen. Allein das zeigt schon, welch ein verderbter Charakter in dem Angeklagten wohnt.

Ich bitte daher das Hohe Gericht mit der ganzen Härte des Gesetzes dieses Verbrechen zu verurteilen.

Ich fordere daher für den Angeklagten eine lebenslange Freiheitsstrafe!"

Giudice Giovanni Di Cesare, der in seinem Leben schon so manches Plädoyer über sich ergehen lassen musste, drehte es den Magen um.

Er fragte sich, wie dieser Mensch zu dem Beruf gekommen ist, der ihm die Möglichkeit gab seine Komplexe, von denen er zweifellos einige besaß, auszuleben.

Vor Gericht hatte er die Bühne, die ihm im Privatleben nicht zur Verfügung stand. Hier wurde er wahrgenommen.

"Ich bitte nun den Herrn Verteidiger um sein Plädoyer", sagte er zu Avvocato Bernini, den er sowohl als Mensch wie auch als Kollegen schätzte.

Sein Vater war schon Avvocato. Er hatte sich mit dem Richter so manchen Kampf geliefert; aber stets getragen von gegenseitigem Respekt.

Avvocato Bernini stand auf und empfand eine große Hilflosigkeit und Enttäuschung darüber, dass es ihm nicht gelungen war das Geheimnis um Belinda Canzone, die wahrscheinlich gar nicht so hieß, zu lüften.

Er hätte mehr Zeit gebraucht, um auf die neuen Fakten zu reagieren. Das ging jetzt leider nicht mehr. Er konnte nur noch agieren.

"Hohes Gericht, der Procuratore hat mit sehr blumigen Worten und drastischen Gesten Ihnen ein Monster geschildert, das jedoch gar keines ist.

Der Angeklagte ist ein junger Mann, er ist gebildet und äußerst kultiviert. Er kommt schon seit Jahren in unser Land, in dem seine Eltern ein kleines Haus besitzen.

Signore Bürger hat studiert und übt seinen Beruf in gehobener Position mit größter Verantwortung aus. Er liebt unser Land und er hat sich bemüht unsere Sprache zu erlernen.

Die Liebe brachte ihn mit einer jungen Frau zusammen, über deren Verbleib wir nichts wissen und nur spekulieren können.

Spekulieren können wir auch darüber, ob ein vom Procuratore dargestellter Mörder so dumm ist und die Tatwaffe vor Ort zurück lässt.

Wir können weiter darüber spekulieren, ob die Zeugin Farese den Angeklagten zweifelsfrei in jener Nacht erkannt hat.

Was ich sagen will, ist, dass die Anklage auf sehr wackligen Beinen steht und dass sich die Beweislage lediglich auf Indizien stützt.

Ich bitte daher das Hohe Gericht den Angeklagten nach dem Grundsatz »in dubio pro reo« freizusprechen!"

Der Avvocato setzte sich nieder und hoffte inbrünstig den Vorsitzenden mit seinem Plädoyer erreicht zu haben; sicher war er sich aber nicht.

"Der Angeklagte hat das letzte Wort!"

Bernhard stand auf, schaute zuerst zu seinem Vater und dann zu dem Vorsitzenden.

"Ich habe Fabio Branco ermordet. Er war ein böser Mensch und er hat den Tod verdient!"

Der Avvocato schaute Bernhard entsetzt an und sagte mit großer Vehemenz:

"Um Gottes Willen, was tun Sie da? Sind Sie verrückt?"

Dietmar starrte ins Leere. Sein Herz krampfte sich zusammen und seine Augen füllten sich mit Tränen.

Giudice Giovanni Di Cesare, der für Bernhard eine gewisse Sympathie empfand, verstand den jungen Mann nicht.

Er war Richter und dem Gesetz verpflichtet, ungeachtet jedweder Sympathie oder Antipathie. Aber hätte der Angeklagte das Geständnis erst nach der Urteilsverkündung gemacht, so hätte er als Richter seinen Spielraum voll ausschöpfen können.

Das Gericht zog sich zur Beratung zurück.

Als Giudice Giovanni Di Cesare in den Gerichtssaal zurück kam, übte er wie gewohnt seinen Beruf aus, der ihm in seiner ganzen bisherigen Amtszeit noch nie so schwer gefallen war.

"Im Namen des Volkes ergeht folgendes Urteil: Der Angeklagte Bernhard Bürger wird des Mordes an Fabio Branco schuldig gesprochen und zu fünfzehn Jahren Freiheitsstrafe verurteilt!

Urteilsbegründung: Der Angeklagte ist bisher noch nicht straffällig geworden und besitzt einen hervorragenden Leumund. Das Gericht ist der Ansicht, dass man ihm für sein restliches Leben eine zweite Chance geben soll und ist deshalb der Empfehlung der Staatsanwaltschaft nicht nachgekommen.

Hinzu kommt, dass der Ermordete keine Perle der Gesellschaft war und in der Szene als ein gewalttäti-

ger Mensch bekannt ist. Es lagen in der Vergangenheit auch schon einige Strafdelikte gegen ihn vor.

Gegen das Urteil kann im vorgegebenen Zeitraum Einspruch erhoben werden.

Die Sitzung ist hiermit geschlossen!"

Der Richter verließ den Gerichtssaal und ließ einen völlig verdutzen Staatsanwalt zurück. Er empfand das Urteil als eine herbe Niederlage und als einen Affront gegen sein Amt und seine Person.

Bernhard ließ sich willenlos von zwei Beamten hinaus führen. Die Bemerkung seines Anwalts, er wolle später noch mit ihm reden, hörte er schon gar nicht mehr.

****

Britta war zusammen gebrochen, als ihr Dietmar vom Ausgang der Verhandlung berichtete und von dem Geständnis ihres Sohnes.

Völlig apathisch wiederholte sie ständig dieselben Worte: *"Mein Sohn ist ein Mörder, mein Sohn ist ein Mörder..."*

Dietmar versuchte seine Frau zu beruhigen und zu trösten; aber er konnte nicht bis zu ihr durchdringen.

Dietmar hatte unmittelbar nach dem Prozess noch im Gerichtsgebäude den Avvocato angesprochen.

"Mein Sohn ist kein Mörder, Avvocato", bedrängte er den Verteidiger seines Sohnes, *"wir müssen unbedingt in Berufung gehen!"*

"Lassen Sie uns woanders hingehen", sagte der Avvocato, *"gleich neben dem Gerichtsgebäude ist ein kleines Café. Wenn sie das Gebäude verlassen und nach links gehen, dann treffen Sie auf das "Cappuccino". Warten Sie dort auf mich; ich komme gleich nach!"*

Es dauerte nur wenige Minuten, bis der Avvocato das Café betrat. Er hatte noch Formalitäten erledigt und sich umgezogen.

"Werden Sie Berufung einlegen?" fragte Dietmar und sah den Avvocato hoffnungsvoll dabei an.

Der Avvocato zögerte einen Augenblick, bevor er Dietmar antwortete.

"Es ist so, Signore Bürger", begann er dann zu sprechen, *"die Sache ist nicht ganz einfach."*

"Inwiefern?" fragte Dietmar.

"Normalerweise wäre das Urteil für Ihren Sohn nicht so niedrig ausgefallen. Es wäre mit Sicherheit wesentlich höher gewesen.

Es war ein Geschenk des Richters an Ihren Sohn, weil er Mitleid mit ihm hatte."

"Fünfzehn Jahre betrachten Sie als ein Geschenk?" sagte Dietmar aufbrausend.

"Tranquillamente, Signore Bürger", antwortete der Avvocato und legte Dietmar die Hand auf den Arm. *"Ich werde es Ihnen erklären: Das normale Straf-maß für Mord beträgt lebenslänglich, so wie es der Procuratore auch beantragt hat.*

Das wäre auch angemessen gewesen, zumal Ihr Sohn den Mord gestanden hat. Wäre das Gericht dem Antrag der Staatsanwaltschaft nachgekommen, so hätte Ihr Sohn erst nach einer Mindestverbüßungszeit von sechsundzwanzig Jahren die Aussetzung der Strafe auf Bewährung stellen können.

Bei dem jetzigen Urteil hat Ihr Sohn berechtigte Aussichten - bei guter Führung - nach zwei Drittel der Haft entlassen zu werden.

Wenn wir aber jetzt in Berufung gehen, dann spielen wir dem Procuratore in die Karten. Ich bin sicher, dass er dann eine höhere Strafe durchsetzt, wenn nicht sogar lebenslänglich.

Und bitte glauben Sie mir, Signore Bürger; ein zweites Mal finden Sie keinen so geneigten Richter wie Giudice Giovanni Di Cesare!"

****

Es war ein schwerer Abschied, als vor einigen Jahren eine junge Frau ihr Elternhaus im Apennin verließ, um in die Großstadt zu ziehen.

Ihr Name war Laura Panini. Zusammen mit ihrer Freundin, Stella Farese wollte sie ein Studium beginnen. Stella hatte Medizin für sich gewählt und Laura Deutsch und Geschichte.

Lauras Eltern waren einfache Menschen und nicht sehr begütert. Stella hingegen war die Tochter eines Bürgermeisters und Holzhändlers.

Der Bruder von Lauras Mutter gab ihr einen kleinen Zuschuss. Das hätte jedoch nicht ausgereicht, hätte Stella ihre Freundin Laura nicht bei sich mit wohnen lassen.

Die beiden Freundinnen hatten sich schon bald an das Leben in der Stadt gewöhnt und es dauerte auch nicht lange, bis sie das Piccolo Las Vergas kennen lernten.

Zusammen mit anderen Mitstudierenden verbrachten sie so manche Stunde in diesem Ambiente und irgendwann traf Laura auf Fabio.

Sie erlag dem Charme des jungen Mannes, der sie mit Komplimenten überhäufte. Er stellte sich ihr als Inhaber einer Modelagentur vor.

Von anderen Studentinnen wusste Laura, dass sie sich bei Fabio Geld nebenbei verdienten, um ihr Studium zu finanzieren.

Als Laura Fabio darauf ansprach, verhielt sich dieser zunächst abweisend. Das förderte natürlich Lauras Neugier, was nichts anderes als Kalkül von Fabio war.

Laura insistierte Fabio so lange, bis er ihr ein für sie undurchsichtiges Angebot machte.

"Einige deiner Kommilitoninnen verdienen ganz schön Geld bei mir. Aber glaube mir, das wäre nichts für dich", sagte Fabio, worauf Laura sagte:

"Das kannst du doch gar nicht wissen! Was müsste ich denn da machen?"

Fabio zögerte einen Augenblick und sagte dann:

"Du willst es wirklich wissen, ragazza?"

Laura nickte und Fabio erzählte Laura, dass ihre Aufgabe darin bestünde Geschäftsreisende, welche in der Stadt zu tun hätten, am Abend in ein Restaurant zu begleiten.

Die Arbeit, so man das überhaupt so bezeichnen könnte, würde mit dem Verlassen des Restaurants beendet sein. Dafür gäbe es viel Geld für wenig Arbeit, die ja genau genommen eher ein Vergnügen sei.

"Und wieso glaubst du, dass das nichts für mich wäre?" fragte Laura leicht aufgebracht, *"Bin ich nicht hübsch genug?"*

"Natürlich bist du das", antwortete Fabio, *"aber ich dachte, weil du vom Land kommst..."*

"Aha", sagte Laura, *"wir Mädchen vom Land sind wohl zu dumm für so etwas."*

"Aber nein", antwortet Fabio, *"heißt das, du hättest Interesse an dem Job?"*

"Sehr sogar!" antwortete Laura.

Fabio hatte die Angel ausgeworfen und der Fisch namens Laura Panini hatte angebissen.

Laura bekam von Fabio Geld, damit sie sich eine ansprechende Garderobe zulegen konnte. Mit der Bemerkung *"sie könne ihm das Geld ja von ihren ersten Einkünften zurück zahlen"*, hatte er Laura überredet.

Und dann geschah alles genau so, wie Fabio ihr das erzählt hatte.

Laura wurde am Abend abgeholt und in ein schickes Restaurant geführt. Dort erwartete sie ein Herr, bestens gekleidet und mit feinen Manieren.

Es wurden köstliche Speisen gereicht und teurer Wein getrunken. Ein Mokka zum Abschluss, ein Dankeschön, begleitet von einem Handkuss, und die Arbeit war beendet.

Laura bekam am nächsten Tag ein Kuvert von Fabio und war mit dem Inhalt mehr als zufrieden.

Die Bedenken ihrer Freundin Stella wischte Laura beiseite. Es hatte bei ihren abendlichen Treffen mit irgendwelchen Geschäftsreisenden zu keiner Zeit Grund für Beanstandungen gegeben.

Im Gegenteil. Laura konnte - durch die zum Teil wirklich geistreichen Gespräche mit den diversen Herren - sogar ihren Horizont erweitern.

Nach einiger Zeit startete Fabio die Stufe zwei.

"Was hältst du davon, wenn ich für dich eine eigene Wohnung besorge?" sagte er eines Tages zu Laura.

"Das wäre wunderbar", sagte Laura, *"nur dass mir das Geld dafür fehlt."*

"Das ist überhaupt kein Problem", sagte Fabio, *"ich finanziere dir den Kauf vor und du zahlst es mir in Raten zurück."*

"Ist das dein Ernst?" fragte Laura ungläubig, *"Das würdest du für mich tun?"*

"Aber warum nicht", sagte Fabio, *"du verdienst gut und ich sehe da überhaupt kein Risiko."*

"Das klingt toll", sagte Laura und begann in Gedanken schon ihre eigene Wohnung einzurichten.

"Abgemacht", sagte Fabio, dann gehen wir morgen zum Avvocato und machen einen Vertrag.

Als Laura am nächsten Tag den Vertrag unterschrieb, führten Leichtgläubigkeit und Naivität ihre Hand.

Im Lauf der Zeit kam Laura nicht umhin ihrer Müdigkeit durch Drogen zu begegnen. Am Tag das Studium und am Abend Restaurantbesuche, das war für ihren Körper zu viel Belastung.

Hinzu kam noch ein ständig zunehmender Alkoholkonsum. Wenn Stella sie darauf ansprach, beschwichtigte Laura die Freundin.

Stella hatte es bedauert, dass Laura bei ihr auszog. So sehr sie auch versuchte Laura von der Idee der eigenen Wohnung abzubringen; sie hatte keinen Erfolg.

Laura rutschte immer tiefer in die Abhängigkeit zu Fabio. Erst als ihr Fabio das Angebot machte, sie solle ihre Dienste dahingehend erweitern, dass die Begleitungen der Herren im Hotelzimmer fortgeführt werden sollten, wurde sie hellhörig.

Selbst auf das Argument, sie würde dadurch wesentlich mehr Geld verdienen, stieg sie nicht ein.

Fabio fand jedoch einen Weg Laura umzustimmen. Er gab ihr fast keine Aufträge mehr. Es waren gerade noch so viele, dass sie sich Essen und Trinken davon kaufen konnte.

An eine Rückzahlung des Darlehens von Fabio war überhaupt nicht mehr zu denken.

Laura stand nun vor der Wahl Fabios Angebot anzunehmen und die Wohnung zu behalten oder alles hin zu werfen und nach Hause zurück zu kehren.

Letzteres war keine Option; denn wie hätte sie ihren biederen Eltern das alles erklären sollen. Und außerdem wollte sie die Wohnung nicht verlieren.

Da fiel ihr die Masche mit dem totkranken Vater ein. Sie erzählte Fabio von dem reichen deutschen Freund und dass sie sicher Geld von ihm bekommen würde.

Fabio setzte Laura ein Ultimatum und Laura stimmte zu. Laura bemerkte gar nicht, wie sehr sie sich verändert hatte.

Von dem einst unschuldigen Kind aus den Bergen des Apennins verwischte die Zeit gerade eben die letzten Spuren.

Womit Laura nicht gerechnet hatte, war die Tatsache, dass sie sich in den "Tedesco" verlieben würde.

Als sie damals Bernhard die Lügengeschichte mit dem totkranken Vater erzählte, den sie noch nicht einmal kannte - er war ein kleiner, alter Gauner in Fabios Diensten - war sie sehr berührt davon, dass Bernhard ihr ohne Zögern seine Unterstützung zusagte.

Und als sie dann noch von Bernhards Eltern so liebevoll aufgenommen wurde, verwarf sie auf der Stelle ihr Vorhaben.

Sie wollte zu Fabio gehen, ihm die Zusammenarbeit aufkündigen und danach ihrem Bernhard alles beichten, um mit ihm ein neues Leben zu beginnen.

Sie traf am Abend Fabio im Piccolo Las Vegas, um ihm alles mitzuteilen. Als sie ihm sagte, sie wolle aussteigen, antwortete Fabio:

"Hier ist es zu laut; wir fahren zu mir, da können wir in Ruhe reden."

Wenig später waren sie in Fabios Wohnung. Kaum hatte dieser die Türe hinter sich geschlossen, traf Laura der erste Schlag durch Fabios Hand.

"So", sagte er wütend, *"das gnädige Fräulein will kündigen. Und das für alles, was ich für sie getan habe."*

Und wieder schlug Fabio zu. Lauras Lippe begann zu bluten. Der nächste Schlag war so heftig, dass Laura zu Boden fiel.

"Du undankbares Miststück!" schrie Fabio und trat nach Laura. Sie krümmte sich vor Schmerzen. Als sie zu schreien anfing, drehte Fabio die Stereoanlag laut auf.

"Ich werde dich jetzt so lange zureiten, bis du zur Vernunft kommst!" schrie er und sein Gesicht verzerrte sich zu einer hässlichen Fratze.

"Geh ins Bad, ziehe dich aus und richte dich her", schrie Fabio weiter, *"du siehst ja furchtbar aus!"*

Laura hatte große Mühe aufzustehen. Ihr war in diesem Augenblick bewusst, was Fabio mit dem Wort "zureiten" meinte. Das machten die Zuhälter mit ihren unwilligen Mädchen, und das wollte Laura keinesfalls über sich ergehen lassen.

Noch auf dem Boden kniend sagte sie zu Fabio:

"Bitte, verzeih mir Fabio. Ich weiß nicht, was mich geritten hat. Der Tedesco hat mir den Kopf verdreht. Ich mache alles, was du willst. Du wirst sehen, dass ich es ernst meine. Ich gehe jetzt ins Bad und wenn ich zurück komme, werde ich dich lieben wie noch keine Frau zuvor."

Fabio schaute Laura lange an. Endlich sagte er:

"Aber beeil dich; ich warte nicht gern!"

Laura ging ins Bad und zog sich bis auf die Unterwäsche aus. Als sie ihre Schminksachen aus ihrer kleinen Tasche nehmen wollte, fühlte sie den Griff des Messers, das ihr Bernhard geschenkt hatte.

Sie schaute in den Spiegel und erschrak. Sie erkannte ihr eigenes Gesicht nicht mehr. Das Auge, das immer mehr anschwoll, die aufgeplatzte Lippe und die vielen Blessuren hatten sie völlig entstellt.

Sie nahm das Messer und steckte es hinter ihrem Rücken in die Unterhose. Ihren BH zog sie aus. Dann ging sie zurück ins Zimmer.

Fabio lag nackt auf dem Bett und präsentierte stolz seine Erregung. Auf dem kleinen Kästchen neben dem Bett lag seine Kreditkarte neben einer Linie weißen Pulvers. Spuren von zwei weiteren Linien waren noch zu erkennen.

Laura ging in lasziver Manier auf Fabio zu. Sie schüttelte ihren Oberkörper, sodass ihre Brüste zu schwingen begannen.

Fabio war wie die meisten Männer. Große Brüste waren ihr liebstes Spielzeug. Und Laura hatte große Brüste, sehr große Brüste.

"Komm her, du geile Stute, sagte Fabio und deutete auf das Kokain.

"Zieh dir eine Linie rein, Baby!"

Laura tat, was Fabio wollte. Er wollte nach ihr greifen, aber Laura drehte sich weg.

"Magst du Fesselspiele, mio amore?" fragte sie.

"Certo", sagte Fabio, *"sehr sogar."*

Fabio ließ sich willig an die Messingstangen seines Bettes fesseln.

"Und jetzt noch die Augen verbinden", sagte Laura.

"Muss das sein?" fragte Fabio.

"Oh ja", antwortete Laura, *"du kannst dann zwar nichts sehen; dafür aber viel mehr spüren."*

Wie sehr Laura damit recht hatte, sollte Fabio unmittelbar darauf spüren. Es war nur ein kurzer Moment; dafür aber einer für die Ewigkeit.

Laura setzte sich auf die Beine von Fabio, holte das Messer hinter dem Rücken hervor und stach zu.

Fabio zuckte kurz zusammen und dann war Stille. Laura hatte ihm das Messer direkt ins Herz gestoßen.

Laura fühlte eine seltsame Erleichterung. Sie verharrte noch für eine kurze Weile und starrte auf den Körper des Mannes, der sie in die Gosse geführt hatte.

Dann stand sie auf, ging ins Bad und kleidete sich wieder an. Sie ging zurück ins Zimmer, wischte sorgfältig die Klinge ab und verließ ohne irgendeine Regung Fabios Wohnung.

"Was hast du nur getan?" fragte sie wenig später Stella. Laura war zu ihr gefahren, um ihr zu erzählen, was geschehen war.

"Das Schwein wollte mich vergewaltigen", sagte Laura mit tonloser Stimme. Stella deutete auf Lauras Gesicht.

"War er das?" fragte sie.

"Ja", antwortet Laura und Tränen rannen über ihr Gesicht.

"Du musst so schnell wie möglich von hier verschwinden", sagte Stella und Laura nickte.

****

In fetten Buchstaben stand im "Il Messaggero" zu lesen: **" *Omicidio nei distretti a luci rosse*"**.

Laura erschrak, als sie das las. Sie brach jedoch fast zusammen, als sie ein Bild von Bernhard sah und weiter las:

"Fabio Branco, ein Zuhälter aus dem Rotlichtmilieu wurde tot in seiner Wohnung aufgefunden. Ein junger Deutscher wurde des Mordes überführt und zu 15 Jahren Freiheitsstrafe verurteilt. Sein Anwalt, Avvocato Bernini verzichtet auf Berufung."

Sie packte eilig ein paar Sachen zusammen, und mit den Worten *"ich muss etwas in Ordnung bringen"* verabschiedete sie sich von ihren Eltern und stieg in ihr Auto.

Stunden später betrat sie die Kanzlei von Avvocato Bernini.

"Ich muss dringend den Avvocato sprechen", sagte sie aufgeregt zu der Dame beim Empfang.

"Haben Sie einen Termin?" antwortete die Dame.

"Nein", antwortete Laura, *"aber es ist von höchster Dringlichkeit."*

"Das geht trotzdem nicht", antwortete die Dame, *"ohne Termin können Sie den Avvocato nicht sprechen."*

"Dann sagen Sie ihm, Belinda Canzone möchte ihn sprechen", sagte Laura, *"dann wird er mich sicher empfangen."*

Die Empfangsdame zögerte einen Augenblick, nahm dann aber doch den Hörer ab und gab die Nachricht weiter.

Als unmittelbar darauf die Tür aufging und ihr Chef herausgestürzt kam, blieb ihr der Mund offen stehen.

Mit den Worten *"Kommen Sie bitte, Signorina"* und *"Keine Gespräche die nächste Zeit"* an die Vorzimmerdame gerichtet, bat er Laura ihm zu folgen.

"Es gibt sie also doch!" begann der Avvocato das Gespräch. *"Warum haben Sie sich nicht schon vorher gemeldet?"*

"Weil ich erst seit heute weiß, dass ein Unschuldiger verurteilt worden ist", antwortete Laura.

"Woher wollen Sie das wissen?" fragte der Avvocato.

"Weil ich Fabio Branco ermordet habe".

Der Avvocato schaute Laura mit weit geöffneten Augen an.

"Um Gottes Willen!" entfuhr es ihm, *"Warum haben Sie sich nicht vor zwei Tagen gemeldet?"*

"Was hätte das geändert?" antwortete Laura.

Der Avvocato antwortete nicht gleich. Er hatte große Mühe Laura zu sagen:

"Dann würde Ihr Freund noch leben; Bernhard Bürger hat sich gestern in seiner Zelle erhängt".

Laura schrie auf. Sie schlug ihre Hände vor das Gesicht und ein heftiger Weinkrampf befiel sie.

"Ich bin schuld!" schrie sie laut, *"Was habe ich nur getan?"*

Die Vorzimmerdame kam herein, um zu schauen, ob alles in Ordnung wäre. Der Avvocato schickte sie wieder hinaus.

"Beruhigen Sie sich bitte, Signorina!" sagte der Avvocato. Er war hinter seinem Schreibtisch hervor gekommen und fasste Laura bei der Schulter.

Bernhard hatte ihm während der Besprechungen vor dem Prozess von Laura - damals noch Belinda - erzählt. Und seinen Schilderungen zufolge hatte sich der Avvocato ein Bild von dieser Frau gemacht.

Er empfand ein tiefes Mitgefühl für dieses Wesen, das jetzt völlig zusammen gebrochen vor ihm saß. Er sprach mit sanften Worten auf Laura ein, bis sie sich einigermaßen gefasst hatte.

"Erzählen Sie mir, was geschehen ist, mein Kind!" sagte er und sah ihr dabei liebevoll in die Augen.

Und dann erzählte Laura dem Avvocato alles, was so schwer auf ihrer Seele lastete. Es war, als säße sie in einem Beichtstuhl und legte eine Lebensbeichte ab.

Der Avvocato hörte aufmerksam zu. Er spürte ganz deutlich die Ehrlichkeit in Lauras Schilderung, wie sie diese wunderbare Liebe zu Bernhard fand und wie eine Bestie in Menschengestalt in einer unvorstellbaren Grausamkeit ihr Leben zerstören wollte.

Als Laura sich alles von der Seele geredet hatte, empfand sie eine große Erleichterung. Sie blickte den Avvocato voll Dankbarkeit an und sagte dann:

"Rufen sie jetzt bitte die Polizei!"

Der Avvocato sah in das tränenbenetzte Gesicht von Laura und antwortete:

"Das mache ich nicht, mein Kind!"

Laura schaute ungläubig auf den Mann, dem sie gerade eben einen Mord gestanden hatte und verstand die Welt nicht mehr.

"Ich habe Ihnen doch gerade erzählt, dass ich einen Menschen ermordet habe und dass ich schuld bin am Tod eines unschuldigen Menschen", sagte sie verständnislos.

"Und der sie geliebt hat und den Sie geliebt haben", ergänzte der Avvocato.

Laura verstand noch immer nicht, was da gerade geschah. Sie schaute erwartungsvoll auf den Avvocato, in der Hoffnung, er würde ihr die Ungewissheit nehmen.

"Sie haben einen Menschen getötet, der Ihr Leben zerstört hat", begann der Avvocato und fuhr fort:

"Dafür hat ein Mensch gebüßt, der unschuldig war. Ich kann Sie von dieser Schuld nicht freisprechen; aber vielleicht können das die Eltern von Bernhard.

Gehen Sie zu Ihnen und erzählen Sie ihnen alles das, was Sie mir erzählt haben. Sollten Ihnen die

Eltern nicht verzeihen können, dass Sie Schuld tragen am Tod Ihres Sohnes, dann gehen Sie zur Polizei und stellen Sie sich.

Sollten Ihnen die Eltern jedoch verzeihen, dann verzeihen Sie sich selbst auch. Alles andere machen Sie mit Gott aus, wenn es einen solchen in Ihrem Leben gibt."

Laura hatte jedes seiner Worte gehört; aber so richtig verstanden hatte sie sie nicht. Wie war es möglich, fragte sich Laura, dass ein Avvocato, dem sie soeben einen Mord gestanden hatte, nicht umgehend die Polizei gerufen hatte.

"Gehen Sie und tun Sie, was ich Ihnen gesagt habe", sagte der Avvocato, *"Sie wissen ja, wo sie die Familie Bürger finden."*

Laura stand auf und wollte hinaus gehen. Der Avvocato hielt sie auf und sagte:

"Haben Sie eine Erklärung, warum Bernhard den Mord auf sich genommen hat?"

"Weil er wusste, dass ich es war und weil er mich geliebt hat", antwortete Laura.

Als sie bei der Tür war, drehte sie sich noch einmal um und sagte:

"Ich wünschte, ich hätte ihn so sehr geliebt wie er mich!"

Dann zog sie die Tür hinter sich zu und ließ einen tief berührten Avvocato zurück, der froh darüber war, dass er sich so entschieden hatte, und der überzeugt davon war das Richtige getan zu haben.

****

Am Tag von Bernhards Beerdigung waren alle wieder versammelt. Hans-Peter und Irene waren angereist, um Bernhard die letze Ehre zu erweisen.

Die Überraschung war riesengroß, als sie Laura erblickten. Britta erzählte Hans-Peter und Irene die ganze Geschichte. Sie erzählte ihnen, wie Laura plötzlich vor ihnen stand und ihnen die ganze Wahrheit offenbarte.

Britta erzählte den Freunden weiter, dass Laura Dietmar und ihr anheimstellte, die Polizei zu rufen, um sie ihrer gerechten Strafe zuzuführen.

Dass Dietmar und Irene Laura jedoch verziehen, war überraschend; zumindest für Hans-Peter.

Die Beerdigung fand im engsten Kreise statt. Außer der Familie, den Freunden und Laura, war nur noch der Avvocato anwesend.

Als Laura ihn erblickt hatte, war sie auf ihn zugegangen, um ihn zu umarmen.

"Sie haben mir mein Leben zurückgegeben", sagte sie und der Avvocato antwortete:

"Das haben Sie schon selbst getan, mein Kind, und natürlich die Familie Bürger."

Nach der Beerdigung saßen alle im Garten hinter dem Ferienhaus. Sie hatten darauf verzichtet in ein Gasthaus zu gehen.

Sie zogen es vor in einem intimen Rahmen des Toten zu gedenken. Es war auch keine Frage für die Eltern von Bernhard in hier zu beerdigen.

Hier fühlte er sich wohl und hier war er auch seiner großen Liebe begegnet.

"Was werden Sie jetzt anfangen, Signorina?" sprach der Avvocato Laura an, und bevor sie antworten konnte, sagte Britta:

"Laura wird hier wohnen und ihr Studium wieder aufnehmen. Und sie wird uns besuchen sooft sie will und kann".

Und Dietmar fügte hinzu:

"Und in den Semesterferien kommen wir alle hier wieder zusammen als eine große, glückliche Familie."

"Das ist schön", sagte der Avvocato, *"das freut mich für Sie alle."*

"Sie sind uns natürlich jederzeit ein gern gesehener Gast, Avvocato."

"Matteo, Professore", sagte der Avvocato, *"nennen Sie mich bitte Matteo!"*

"Und nennen Sie mich bitte Dietmar, lieber Matteo", sagte Dietmar.

"Con piacere", antwortete der Avvocato, *"con grande piacere."*

****

Der Tod seines Sohnes hatte Dietmar entwurzelt. Er hatte ihn aber auch sehr verändert.

Dietmar war vom Misanthropen zum Philanthropen mutiert und alle profitierten davon. Seine Studenten ebenso wie seine Familie und seine Freunde.

Severin war seinem Vater ein großes Stück weit näher gekommen. Er hatte der Familie irgendwann von seiner sexuellen Neigung erzählt, und er war ange-nommen worden. Severin fühlte sich zum ersten Mal seiner Familie zugehörig.

Dietmar und Hans-Peter begegneten sich auf Augenhöhe, frei von jedweder Arroganz und Ironie.

Was die beiden Ehefrauen der Freunde betraf, so hatten die sich ja schon von jeher gut verstanden.

Und in dem großen und endlos scheinenden Ozean der Hoffnungslosigkeit schwamm ein kleiner Tropfen mit Namen "Zuversicht"...

****

*Zweifle an der Sonne Klarheit,
zweifle an der Sterne Licht,
zweifle, ob lügen kann die Wahrheit,
nur an meiner Liebe nicht.*

Polonius in "Hamlet" von William Shakespeare

Piazza del Campo in Siena, der Schauplatz des alljährlich stattfindenden Palio

Der Autor beim Frühstück vor einem Café an der Piazza del Campo